KB130739

눈물로 가꾼 텃밭

책 만 드 는 집   시 인 선 1 9 1

눈물로 가꾼 텃밭

정현의 시집

책만드는집

그리움이란

출렁이는 파도 속에서 사는 것

그러나

영혼 속에서 침묵하고 만다는

라이너 마리아 릴케가 읊은

시를 떠올리며

삶의 한구석에

앙금처럼 가라앉은 그리움

그 자체가

비로소 시에 마중물이 되었고

시상이 떠오를 때마다

침묵을 깨고 써놓은

설익은 작품으로

그대 마음 문을 두드려 봅니다

2022년 정초, 고향에서

草芥 정현의

| 차례 |

3부

5부

6부

1부

근심 걱정

솟을대문 밖에서 산까치가
이른 아침부터 잔잔하게 울어대는 건
한 소식 전하고파 그리 우는 겐지
귀 솔깃 지저댄다

헤픈 사랑에 빠져 비겁하게
집 나간 내 누님 소식을 물고 온 것인가

애가 타 고이 잠들진 못하고
길 떠난 울 엄니
근심 걱정의 짐을 설마 덜어주려는 걸까
아니면 부질없는 기다림인가

해거름, 서산에 해 지더라도
해묵은 소식일랑 그만 거두고
예禮를 갖추어
부디 반가운 소식만
데불고 왔으면 아주 좋겠네

눈물로 가꾼 텃밭
– 어머니

아이의 울음소리가
세상에 잔잔한 기쁨을 주듯 난
새벽닭 울 때쯤에 첫울음을 터뜨렸고
날 낳아 기르신 어머니 젖꼭지를 지그시 물고서
당신의 선한 눈과 마주치며
젖무덤의 포근함을 느낄 그때부터
평안이 무언지 조금 알게 되었죠
걸음마를 배우고 말귀 알아듣고
당신의 깊고 큰 사랑을 먹고 자랄 즈음
병치레 없이 무탈하길 바라던 심오한 모정도
절반의 인생 살고서 그때 비로소 정情에
눈을 뜨게 되었지요
소싯적에는
노상 근심 어린 마음으로 어루만져 주시고
누군가의 말에 귀 기울이며 진지하게
옳고 그름을 깨달아 매사에 신중하라 이르시고
행여 힘겨운 날들이 닥쳐올 것에 대비하여
가난을 스스로 이겨내며 다부지게 사는 법도

냉철한 지혜로 유순히 살아가는
세상 사는 슬기도 자분자분 가르쳐 주셨죠
철없던 시절엔
탱자나무 가시처럼 예리한 판단력도
억장이 무너질 때 들끓는 분노까지 오롯이
참고 삭일 줄 알아야 한다며
모든 일에 자신을 낮추어 말없이 실천하고
숙명처럼 겸허히 받아들이란 참뜻은
어엿한 어른이 되고서야 진정 알았습니다
시퍼런 정절로 여태껏 살아온 당신
상처투성이의 소나무 껍질처럼 거칠게 살다
우리 곁을 떠나셨죠
하지만 그토록 모질게 살다 간 이곳
당신이 눈물로 일구어 가꾸어놓은 텃밭에는
고맙게도 이제 철 따라 꽃들이
아름답게 피고 있습니다

* 류시화 시인의 「어머니」에서 영감을 얻어 쓴 시.

뿌리 깊은 詩

이보게
온갖 시련과 풍파에도 꿈쩍하지 않고
견뎌낸 나무들이 땅속 깊이 뿌리를 내리고
그 유연함으로 모진 비바람과 함께 춤추며
굳건히 지탱한다기에
뿌리 깊은 나무에서
애써 참아내는 인내와 유연한 지혜를 배워
험한 시험과 고통 겨우겨우 이겨내고
서툴게 뿌리를 막 내리고선
풀과 나무와 흙과 바람과 물과 햇볕으로*
시 한 수 지어 우쭐대며 읊조리는데
지나가는 노루 새끼 가소롭다는 눈짓으로
그따위 어설픈 실력으론 아직은 멀었다
한참 멀었다며 조롱하듯 곤시랑대더니만
지레 겁을 먹은 듯 회동그란 눈으로 곧장
산굽이 사잇길로 질레질레 도망치듯 내빼더라
숱한 격정激情의 상처와 시련, 역경의 파도가

16

밀려온다 한들 흔들리지 않는 뿌리 깊은 시를 지어

줄행랑친 노루에게 후련히 털어놓고, 어쩜

겸연쩍어한 그 마음도 달래줄 수 있을까 몰라?

* 김용택 시인의 「농부와 시인」에서 인용.

더불어 사는 삶

태초 이래 맨 처음 높다란 산과
도란대는 강 그리고 쪽빛 바다가 열리고
대자연의 사계는 지휘에 맞추어
현악기로 유혹하며 찾아와

봄이면 얼음 꽃 복수초가 막 돋아나고
초여름에 유달리 꾀꼬리 울어쌓고
선홍빛 가을에는 구절초가 철 따라 피고 지고
겨울 산야엔 어쩌다 메밀꽃 피듯
함박눈이 하이얗게 수북이 내리곤 하지요

대자연은 봄 여름 가을 겨울 그리고
여러 해의 봄이 지나고도
더러는 길섶의 하찮은 돌멩이 하나에도
들꽃 한 송이에게도 아낌없이 시혜를 베풀고
너그럽게 살아가는 게
인생을 찬미하며 함께 사는 것이요

서로가 서로를 존중하고
허물을 덮어주는 것이야말로
우리 삶에 소중한 숨결이란 걸
몸소 느끼면서

나두야, 그래
그렇게 따뜻한 마음으로 함께 살기를…

인생은 구름처럼 떠돌고

청춘,
듣기만 해도 심히 설레는데 한때는
교정의 느티나무가 터무니없이 커 보인 것처럼
젊은 그 시절은 단지 생生이 미완성이라 그런지
보는 족족 썩 아름답게 보이고

가는 세월 막을 수야 있겠냐마는
삶의 향기가 짙어진 늘그막에는
짙푸른 초목만 봐도 마냥 부럽기만 한 까닭은
아마 황혼으로 접어든 탓일 게다

인생은 구름처럼 떠돌고 세월은 또한
물처럼 흐르고 흘러 일 년이 어느덧 한 달같이
빠르게 가더라

성성한 노파가 되고서 내사 현실 도피의 꿈을 꾸며
생각의 초침을 그 옛날

조무래기 시절로 돌아가고파 하지만
이미 막무가내로 흘러간 저 세월들
탓하면 무엇 하랴

쉼 없이 걸어온 굽은 인생길
이제라도 늦지 않았으니 더 늦기 전에
희망과 용기 잃지 말고 지긋이 앞을 내다보는
혜안慧眼을 가져보시게

허면 그대도 더디게 오는 값진 인생길을 걸으리

충직한 그대에게
− 나무

여름내 더위에 지쳐 졸던 나무는
아무런 대가도 바라지 않고 해 뜰 때부터
해 질 때까지 내게 융숭하리만큼 충직하게
그늘을 드리워 고맙기도 하다

한편, 한여름 몸서리치며 이겨낸 추억들
어느덧 가을 끝물 쇠잔해져 갈잎 흔들며
가련히 지다 때 되면
나뭇잎 져버린 미끈한 알몸 되어
떨리는 눈썹처럼 벌벌 떨고 있을 텐데 하는
안쓰러운 생각이 더해가는 그때
나무는 젖은 눈망울을 굴리며 서 있었다

글썽이는 그 눈물의 출처는 글쎄,
하고픈 말들이 아직도 적당히 남아서,
헤어짐이 조금 섭섭해서, 그게 아니면
누군가 고마움을 알아준 이 없어 서운해서인가?

어수룩한 나는 하나같이 헤어지고서
비로소 무언의 슬픈 부산물임을 어렴풋이
알게 되었느니

이 세상에 없어선 안 될 충직한 그대에게
이참에 슬픔을,
모차르트의 교향곡처럼
고뇌를 뚫고 환희로 승화시켜
져버린 한 잎의 나뭇잎까지도 내일을 위하여
청청靑靑한 슬픔 하나
가슴에 껴안고 달래줄 것일레라

장작더미

눈 내린 엄동설한 장작더미만 보아도
겨울나기 땔감 걱정 순하게 사라지고
첩첩산중 외진 동리 고샅길을 에돌다
처마 밑에 장작이 푸짐하게 쌓여만 있어도
그저 부자인 듯싶어 한편 흐뭇해진다
나무꾼이 거둔 장작은
물빛에 젖은 근실함과 성실의 척도이기도 하고
마치 근심 걱정을 없애준 치료제라 할까?
게다가 아궁이에 장작불을 지긋이 지피면
어인 일인지 묘하게도 마음이 순해지며
미친 듯이 타는 불덩이에 쓸모없는 근심 걱정
분노 따위는 자작자작 태워버리고 싶은 충동이
절로 나기에 그땐 그늘지고 어두웠던 마음까지도
금세 밝아지곤 한다
이 풍진세상 간신히 기대어 살다
눈도 가난케 내린 긴긴 겨울밤이면
이따금 군불 지핀 온돌방의 따스운 온기가
절로 생각나지

가을이 가고 나면

지는 가을이
별거 아니란 듯 미련 없이 버리고 간 낙엽이
지천에 잔조로이 쌓일 때면
한 철 깃든 제비도
따뜻한 남쪽 나라를 그리워하고

그리움도 메말라
침묵하는 나의 가을은

판 저문 파장 우전牛廛에서 소 팔고 돌아선 뒷모습처럼
살아온 삶만큼 쓸쓸함과 허전함이
처절하게 밀려오는 그런 심정일 게다

가을이 가고 계절이 저물면
겨울을 뚫고 필 봄 또한
멀지 않으리

빈집

인적 드문 산골, 산새들 날갯짓에
이른 아침이 열리고 울 너머에 버려진 오두막
무너진 외양간이 을씨년스럽다

보이지 않는 과거에 산山 구석구석
묵정밭 뙈기 너끈히 일구며 금슬 좋게 살던 화전민도
촌구석이 싫다며 밭 다랑 냅다 버리고
죄다 도회로 뿔뿔이 떠나 아무도 없고
모퉁이 장독대엔 애지중지 건사해 온 질그릇도
살뜰히 간수했던 손때 묻은 세간도
주인을 잃고선 널브러져 있으며
벽에는 아직도 지린 쥐 오줌 자국이 얼룩져 있다

날짜 지난 고지서는 허름한 우편함에서 잠자고
아무도 돌보지 않는 기척 없는 빈집은 가엾게도
텅 빈 둥지처럼 적막감만 돈다

백주에 까투리도 설리설리 섧게 우짖던 산골은
요새 갓난아이의 깔깔대는 웃음이며 개 짖는 소리도
얼룩빼기 황소도 더는 볼 수도 없으며
잔향殘響조차 홀연히 사라진 지 퍽 오래되었다

그나저나 어쩌나,
불임不姙의 슬픈 그림자가 눈에 어려
내 맘 애처롭게 하는데
똘망똘망한 갓난아이 강보에 받을 날이
머잖아 있으려나…

상념

말[訁]에 대한 생각들이 밤새 꼬리를 물고 와
그로 인해 유달리 잠 못 이루는데 문득
내가 좋아하는 시집을 펼치게 되었다

「사치」*란 시를 읽는데 "누님께서 더욱
아름다웠기 때문에 가을이 왔습니다" 구절엔
귀뚜라미 정강이가 시릴 즈음 시집간
내 누부 생각이 떠올라
그만 눈시울이 뜨거워져 그냥 덮어버렸고

좀처럼 기다려도 오지도 않는 시인을
「사평역에서」* 기다리다
"단풍잎 같은 몇 잎의 차창을 달고
밤 열차는 어디로 흘러가는지"의 구절을 읽다
떠난 열차에 무언가 놓고 온 양
자꾸만 허전함이 들곤 했다

그런 다음 「늦게 온 소포」*를 읽는데
어머니의 서툰 글씨로 쓴 가슴 찡한 편지의
울림이 내 안에 안긴 걸 단번에 알게 되었다

그러고는 문득 좋아하는 시인의 초성이
모두 'ㄱ' 자로 시작한다는 걸 새삼 느낄 즈음
이건 아니다 싶어 「파장」*을 펼쳐보는데
"못난 놈들은 서로 얼굴만 봐도 흥겹다"는 구절에
생면부지의 숱한 얼굴들이 덩달아 떠올라

시의 세계에는 저마다 섬세한 언어의 울림이
또는 심오함과 유려한 은유의 뜻이
속속들이 숨겨져 있단 걸 따박따박 알아갈 즈음
새벽닭이 울고 이슥한 어둠이 서서히 걷혔다

한때 감춰진 내 삶을 되뇌어 보면
이골 난 세월들 징징거리며 살면서 어쩌다

무심코 불쑥 던진 사소한 말이
도리어 상처가 되어 그늘지게 하지는 않았는지

그뿐이랴 자칫 어리석은 탓에
가시 돋친 험담으로 잘못된 사리 판단으로
주제넘는 행동으로 함부로 대하거나
개중에 가볍고 교만하여 삿된 행동으로
부러 업신여기진 않았는지
누군가에게 정녕 용서받을 일은 없는지
잔상의 상념 속에서 수없이 뇌어보며…

이를 돌아보건대
누구나 잘못을 저지를 수는 있지만
만약 나의 잘못과 내 삶의 옹졸함을 조금만
일찍이 알았더라면

나로 말미암아 상처받은 이에게

외려 마음을 활짝 열고 지금이라도 당장
편견 없이 고루 화해와 용서를 구하고
여물게 호의도 베풀고
내친김에
이참에 누구도 상처받는 일이 없도록
내뱉은 말은 향기 나게 하고 위선보다 행동으로
겸손이 배어난 원숙한 그런 삶을 살겠노라
굳은 다짐도 해본다

* 시인 고은, 곽재구, 고두현, 신경림 시를 제목순으로 나열함.

연기

발길 뜸한 강나루 외딴집 추녀 밑에
모락모락 피는 밥 짓는 연기는
살아 있는 모든 것들로부터 온기를 느끼게 하고

산 그림자 수묵을 치며 가뭇가뭇할 즈음에
동리를 친친 감은 구름처럼 환한 연기는
논두렁 너머 동구에서 뛰놀던 땟국 자르르한
아이를 호명하며 어서 들오란 어머니의 손짓이고
더욱이,

땅거미 질 무렵 초가집 뒤란에 흩어진
실오라기 같은 저녁연기 서럽게 잦아질 때면
가진 게 없었던 지난날 일상들이 실없이 떠올라

까맣게 잊고 살아온 지난 일
묵혀온 서글픈 추억들이 간혹 새록새록 피어오른다

2부

정월

까치가 우짖는 새 아침에
쓸모없는 어제의 묵은 생각도
걸리적거리는 인연도 죄다 끊으라는 걸
나는 알아요

덕담이 오가는 초하룻날에는
오늘보다 더 나은 바람과
가슴 깊이 새겨둔 생각들 품고
저마다 푸른 꿈 키우며
상서로운 새날을 숙연히 맞이하란 것도
촛불이 제 몸을 태우며 가엾이 타오르듯이
한 톨이라도 나의 희생이 따르지 않고서는
필시 아무 일도 이룰 수 없다는 것도
나는 알고 있어요

하지만 정초만 되면 너나 나나 할 것 없이
이것저것 적잖은 다짐도 해보건만

모든 게 내 뜻대로 되는 건 아니라는 걸
또한 알고 있어요

그렇기에 이번만은
실로 소중하다고 생각한 것부터 바로 행하고
보다 더 굳은 신념으로 기개를 펼쳐
영광의 새 아침을 맞이하겠어요

이월

혹한으로 언 강물이 풀리지도 않았는데도
봄을 재촉하는 산다화는 기다렸다는 듯
새악시 볼처럼 불그스레한 꽃망울을 조신히 터뜨린다

아직 잠에 곤한 잎 진 나목에는 날짐승이 서둘러 찾아와
건성으로 메마른 앞가슴 매만지다
이른 풍년가를 별나게 읊어대고
조급한 농부는 머슴날* 봄가물에 목비 내리길
몹시 바라고 갈망하는데
영등할매는 해갈은커녕 관심 밖이란 듯
시종 침묵만 지킨다

하기야 노고지리 울기엔 절기가 아직 이르지만
단호한 침묵으로 일관하는
당골네 할멈의 시큰둥한 속내는 어쩜
개짐으로 기우제라도 드리라는 건 아닐까?

* 본격적으로 농사일이 시작되는 시기.

춘삼월

남녘 들녘에
여리고 여린 자운영이며 파릇한 독새풀이
더러 지천에 돋아나는데도 꼭꼭 숨은 봄은
흡사 술래 찾는 것보다도 힘들고
더 어려운 일이런가?

보소,
닭 모가지를 비틀어도 그래도 새벽이 오듯
방금 헹구어낸 따사한 햇살에 봄기운이 감돌고
무사히 겨울난 봇도랑 물도 스스럼없이 조잘대며
휘늘어진 버들가지에도 새움이 일찍 눈뜨더라

수런수런 봄이 오는 소리에
새 생명으로 싹을 틔워 파다하게 덮일진대
그때를 기다림은 신께서 친히 마음을 움직여
지천을 녹색 바다로 만들기 위해서인가?

사월

산벚꽃이 흐드러지게 피어도
다소 더디게 오는 사월을 누가 잔인한 달이라고
어찌 그리 모질게 말할 수 있을까
모진 추위 근근이 이겨내고
저마다 가난한 봄볕에 목을 적시며 아련히 핀
꽃향기에 그대 취醉해본 적이라도 있어요

파르르르 떨리는 여린 연둣빛 첫사랑에
마음 한번 송두리째 뺏겨보기라도 했어요
제 마음까지 송두리 빼앗아 간
서러움에 저민 아픔을 느낀 적이 없다면
사월을 더 이상 잔인한 달이라고
그리도 쉽게 말하지 말아요

사랑하는 이여,
저미는 아픔도 냉가슴 도려내듯 참아낸
연둣빛 그 고운 첫사랑도
난 언제쯤이나 마냥 취醉할 수 있을까요

오월

푸르고 생기 가득한 오월
징그럽게 맛나다는 보리숭어 철이 다가오면
울 밑의 장미꽃도 오월의 아양 떠는 햇살 받고선
배시시 피더라, 그러다가 청보리 내 맡으며
이름 모를 갖가지 꽃들이 다투어 피다가도
불청객 동풍이 꽃망울을 뒤흔든 날엔
이따금 예기치 못한 날씨 탓에
생기 잃은 채 쉬이 시들어버리고,
작금에는 멀쩡했던 날들이 걸핏하면 변덕을 부려
때아닌 더위가 너무 빨리 밀려와
잠시 주위를 둘러볼 틈도 없이 스쳐 지나가는가 하면
언제부터인가 유달리 짧아진 초여름이 오는 듯하다
다급한 사연 담은 꼬깃꼬깃 접힌 연서 한 장
홀연히 남긴 채 꾀꼬리 울어 예듯
서둘러 저만치 달아나 버리더라

하이얀 찔레꽃이 피고 선 제 지기도 전에…

유월
-모란

워메 워메,
동네 사람들 난리 나부렀소
뜨락에 한 떨기 모란꽃 년이 살살 꾀송거려
윗마을 나비랑 딴맴을 품고
버젓이 난질을 했다 안 그라요
듣자 하니 쪽박 찬 땡비란 놈의 미어지는 가슴팍에
옹이 같은 응어리를
대못처럼 파아악 박아버렸다 하데

그란디 말이여,
근래에 가심 깊이 새겨진 주홍글씨는
아무 때나 거저 지워지는 건 아니라 하데요
경우에 따라 애간장 태운 그 맴을 낫게 하는 건
진실된 사랑뿐이라고 넘들이 그럽디다만…

좌우지간 쪼깨 거시기 하지만
지 딴에는 염치없고 무안도 하고 넘들이 볼세라

쑥스럽고 부끄럽던지 달리 할 말이 없다며
차마 고개를 못 들겠다고 합디다

염병하네, 먼 지랄이여
대그박에 피도 안 마른 저 썩을 연놈들
참말로 어째야 쓰까잉

칠월

−엘니뇨현상

있잖아요
지구 끄트머리 남반부의 칠월은
혹독한 삼동三冬을 맞이하고
애초에 먼지 한 톨 없이
희고 때 묻지 않은 신선한 설원雪原에서
천진스럽게 뒤뚱거리는 펭귄도 간간이 보고
차가운 심해에서 졸래졸래 잘도 노는
물고기를 보노라면 다들 평온하기만 한데
반대편 등진 북반부는
청포도 익어가는 낯선 칠월이 되어
쏟아지는 땡볕 폭염 속에서 초목도 짐승도
버겁게 한더위 겨우겨우 이겨내며 서로 공존하면서
그렁저렁 살아가고 있지요

언제나 변함없을 것만 같았던 칠월이
때아닌 이상기온으로 극極을 넘나들며
연달아 기승을 부리고

어수룩이 살아가는 미물들은
짓궂게 변해가는 예측 불허의 기상이변으로
천둥소리에 떨고 삶의 터전은 시시각각
근본 질서가 서서히 무너져
전에 없이 황당한 일들만 일어나고 있지요

저간에는 가늠할 수 없는
얄궂은 날씨가 이리도 싫어져
예전으로 돌아가고파 하는 마음 굴뚝같습니다마는
세상 물정 영 모르고 불평 없이 그저 눈 멀거니
살아가는 가냘픈 미물들은 하물며
어떤 심경이겠습니까

따지고 보면 이곳저곳 어디서나 피차 살기 위해
무간지옥같이 힘겨울 것인데
속절없이 두루 고통을 겪고 있는 재앙의 징조는
정녕 누구 때문입니까

팔월
－장대비

벌써 오래전 여름날에 있었던 일이다
흙먼지 자욱한 신작로 가로질러
재 너머 당숙네에 심부름 가는 길이었다
고집 센 장대비가 느닷없이 쏟아지는 통에
저 멀리 눈에 띈 원두막으로 달음질쳐
간신히 피하게 되었다
동네 아낙들이 퍼붓는 자드락비를 피하느라
허연 허벅지를 내놓고선 허둥대는 모습이
요란스럽게 보이고 천둥이 무섭게 우짖고
성미 급한 빗방울은 한바탕 땅바닥을 두드리고
거센 빗줄기에 언덕배기 과수밭 참외며
수박이 밭고랑을 이리저리 뒹구는 그때,
부산 떨던 장대비가 미안한 듯 말끔히 갤 즈음
허리 구부정한 원두막 주인이 종종걸음으로 쫓아와
망가진 참외밭을 설거지하더니만
밑도 끝도 없이 애먼 나에게 분풀이를
해대는 게 아닌가

난감한 난 몹시 겁도 나고 달리 어쩔 도리가 없어
당장 궁지에서 벗어날 궁리를 하며 머뭇거리는데
도움의 손길이 필요할 그즈음
때마침 바삐 행길을 지나던 당숙이
속수무책으로 당하고만 있던 날 용케도 알아보고서
다급히 다가와 무슨 일이냐 하기에
여차하여 비가 잦아질 때까지 단지 비를 피하려고
원두막에 들어갔다가
괜한 오해로 꾸중을 당하고 있다고
낱낱이 일러바치자 급기야 그 일로 과수밭 주인장과
낯 붉히며 한바탕 집안싸움으로 번지고 말았다
무덥고 긴 여름날
지루한 작달비가 오는 매년 이맘때면
아직도 해묵은 코흘리개 그 시절
자질구레한 잔영들이 이따금 성가시게 떠올라
매양 난처하고 부끄럽게 만든다

구월

귀뚜라미 울음이 그치기도 전에
철 이른 시월로 서둘러 성큼 뛰어넘어
달月을 달리할 수 없는 것은
아마 가는 세월이 아쉬워서가 아니라
모름지기 익어가는 곡식들이 오히려
살이 다 비치는 마알간 가을 햇살을
더할 나위 없이 반겨서일 게다
열매 맺은 가을에 이를테면
무르익을 곡식들이 알알이 영글기 위해서
한 톨의 씨앗 속에도 우주가 있듯이
자연의 순리에 기꺼이 순응하며
따가운 가을 햇살에 탐스럽게 여물고
결실을 맺게 하는 진리를 확인할 때마다
그들은 분명히 알고 있는 거다
가을걷이 곡식들이
한 줌의 해맑은 가을볕이라도 중히 여기고
애써 받으려고 하는 것처럼…

시월

시월 하면,
왠지 황금물결 넘실거리는 들녘이나
생각만 해도 그립고 정겨운 그 여자네
샛노란 초가지붕 위에 박 넝쿨 올린 게 떠오르지
가을 끝물 감나무 우듬지에 여벌로 매달린
후덕하고 넉넉한 동정 어린 까치밥을
딱히 연상케도 하지
시월 하며는,
천상의 오묘한 가을 빛깔의 팔레트는
신의 한 수로 섬세히 그려놓는 게지
누구도 쉽사리 흉내 낼 수는 없지
어느만큼 농익은 능금처럼
감미로운 순정시純情詩 같은 것도
저명한 시인이나 섬세하게 직조해 내는 게지
제 아무나 짓는 건 또한 아니지
시월 하면,
산국화 고웁게 치장하고
갈바람에 낙엽들 가녀리게 뒹구는 허전함도

동짓달

햇볕이 적당히 나고
하늘은 먹먹하게 구름이 잔뜩 끼고
그러다 비 오는 날에는 세월만 천천히 흐르고
눈 오는 날엔 어김없이 일 더미만 쌓이는데
그로 마음에 무거움이 진칠 때면
저녁 어스름 노을빛을 무연히 바라보면서 문득
잡다한 생각들 당신에게 고합니다
그간 하찮고 작은 일에만 연연하다 보니
지키지 못할 언약들 설마설마하다
가벼이, 섣불리 다루었고
더러 내가 자초한 일로 다소 태만했음을 고해합니다

게다가 내키지 않는 걸리적거리는 일 또한 하도 많아
스스로 이를 해결할까 말까 숱한 번민도 했었지만
해가 가기 전에 마저 끝내지 못해
몹시 무안기도 합니다

끝끝내 꽃 한 송이 피우지도 못한 일들
차마 감당할 수 없어 이러지도 저러지도 못하고
이 또한 망설이다,
해묵은 숙제만 주섬주섬 챙겨
동짓달 매운바람 편에 고스란히 부치오니
제발 너무 나무라지 말아주세요

섣달
−후회

동지만 지나도 해가 노루 꼬리만큼 길어진다는
섣달이 되면
건성으로 보낸 과거에 서운함이 깃들어
결빙의 마음으로 선 채로
먼 산에 기운 해를 호젓이 바라보곤 한다

돌아보면 초하룻날 도모했던 일들이
숫제 빛나기도 하고
자못 자랑거리가 헬 수 없이 많을 수도 있지만
반면에 제대로 이루지 못해 초라한 한 해,
얼룩진 허물들로 모른 척 외면하고픈 때도 있었다

옛적에도 구세배 때만 되면
매섭게 부는 삭풍도 부질없이
탄로가嘆老歌*를 읊조리고
백발의 그 늙은이도 덩달아 에둘러
홀로이 가버린 청춘을 한탄하며

몇몇 날을 헛헛하게 보냄을 서운 탓만 하더이다

나 또한 그간 허송세월하지는 않았나 싶어
은연중에 만감이 교차하지마는
묵은해를 차마 보내기가 아쉬워
그래서 예나 지금이나 서운달이라 했나 보구려

더욱이 달력이 바뀌고
더군다나 한 해를 갈무리할 때가 되면…

* 고려시대 유학자 우탁 선생이 읊은 시조.

52

3부

짝사랑

내 마음 깊이
찾아든 당신

당신은 내게 너무 깊이 들어와
첫눈에 흠뻑 반하고픈 사랑에 얽혀
묘한 감정의 블랙홀로 빨려들고
더 이상 내 것이 아닌 줄 알면서도
몰래 열애의 꽃망울을 틔우고 말았지요

언제부턴지 조금씩 피어나는 패랭이꽃 같은
거룩한 사랑이 내 맘 한쪽을 차지하고선
어리석게 그대 곁에서 서성이다
끝내는 마음속 향기마저 영영 빼앗기고 말았습니다

그다음은 쑥스러워
차마 말씀드리기 어렵습니다

주 안에서

태초에 천지를 창조하시어
낮과 밤이 있게 하시고
아침 햇살과 생명수와 기름진 땅을 주셨으니
그 땅에 포도나무를 심었다
포도나무에 송송이 자손을 맺게 하시고
만대를 번성하게 하시니 놀라운 축복이로다
주께서 우리를 긍휼히 여기사
땅을 기는 온갖 만물을 다스리는
분에 넘치는 복을 주시고
이렛날엔 동산에서 편히 쉬게 하셨다
그러곤 오늘을 거저 주시고
날마다 새롭게 소망 품게 하시니
참 놀라운 기쁨이로다

주께서 상한 갈대 꺾지 않으시고
약해져 꺼져가는 등불 끄지 않으사
한량없는 사랑이 온 땅에 충만케 하시니

참 감사하나이다

그러하기에 내 삶에 커다란 원을 그려놓고

주 안에서 눈이 시리도록 참사랑하고

주님 가르침에 어긋남이 없이

어린아이 같은 믿음으로 섬기고

기꺼이 따르렵니다

시詩란

모름지기,
사랑은 주기 전에는 사랑이 아니다* 했다
그래서 사랑이란 무릇 혼자의 힘으로는
절대 이룰 수 없는 거다

해서 상처받은 사랑에 못 견디게
가슴 저려오는 쓰라린 고통을 겪어본 자만이
달갑지 않은 외로움과
기약도 끝도 없는 오랜 기다림과
아득한 그리움과 깊은 슬픔에 빠질 때도
또는 애잔히 흐르는 쓰디쓴 이별로
잠시도 눈물 마를 날이 없을 때에도
이런저런 격정들 다 인내하고
인고의 시간들 옹골지게 이겨낼 때
얼기설기 얽힌 삶의 공간 저편이
훤히 보이는 거다

그러건대,
고추당초보다도 매운 고통의 누더기로부터 이겨낸
그런 삶 속에서만이 비로소
맛깔스럽고 구수하고 걸쭉한 시가 태어난다는 걸
그대는 아는가

* 오스카 해머스타인의 「사랑은」에서 인용.

중력
－낙화

아지랑이 기어올라 너울대고
노고지리 마냥 울다 지친 봄날에
엊그제 막 피어난 연한 꽃잎사귀가
하르르하르르 야속하게 지는 날에는

무수한 연민과 저미는 아픔으로
사랑보다 더한 이별의 슬픔으로
기약도 끝도 없이
뚝뚝 떨어지는 결별에도

온 맘 다해 지탱한 나날들

차마,
시련의 날들 끝내 못 견디고
무거운 등짐을 턱 하고 부려놓으니
지구가 한쪽으로 끼우뚱하네

선운사 가는 길에
-꽃무릇

선운사 가는 길에
무심코 그대를 보았네

붉고 고운 꽃잎이 화들짝 피고 지고
새잎이 돋아난다 해도
서로 어긋나 얼굴 한번 못 마주치는
애먼 생生을, 애타게 그리워하지만
이룰 수 없는 사무친 사랑이라는 것도
홀로이 애만 태우다 정작 죽어서도
다할 수 없는 넋이 어려 있는 꽃임을…

너와 나 비록 접해 있기로
가엾고 오묘한 슬픈 사연
나와는 전혀 무관하여 비껴가지만
애달픈 그 심정이야
나 역시도 매한가지이네라

패랭이꽃

나는 한때
나 가진 모든 걸 가녀린 그대에게 선뜻 내주고
한순간도 잊은 적이 없지만
어쩌다 눈부시게 해사한 여름꽃에 내 마음 다 빼앗겨
불면 날아갈 듯 쥐면 꺼질 듯한 사랑에
마음 졸이며 심장이 쿵쿵거리기도 했었지

한때는 가엾고 설익은 생각에
일순간 쉬이 눈이 멀어 매양 아픈 기억도 있었고
간간이 아픔의 깊이와 질감을
짐작조차 하기가 어려울 때도 있었다

어수룩한 난 그때는 도무지
속마음을 보여주지 않아 까맣게 몰랐다가
그나마 뒤늦게야 안 일이지만 아하,
한 떨기 풋풋한 첫사랑을
곱게 싹 틔우기 위한 사랑앓이였다는 걸
정작 꽃 지고서야 비로소 알게 되었다

질투

어이할까,

달면 삼키고 쓰면 내뱉는 얼레지*처럼

내 사랑은 한 시절 달콤하게 왔다 이내 가슴에

다 담지 못하고 가을볕같이 씁쓸히 가버릴 제

그니와 나 사이 기로에 선 사랑은 자줏빛 사랑이었던

지난 추억들이 수줍은 듯 순간순간 떠오르게 하고선

거짓 사랑에 취해 쉽게 눈멀어

이제 일그러진 사연만 뜨겁게 지펴놓고

빛에 홀린 나비처럼 홀연히 떠나버릴 제

그래 우리 다시금 맨 처음 그때같이

자줏빛 연정 사이가 되어 면면히 사랑하면 안 될까?

시위에서 떠난 화살은 돌아오지 않는다지만

그래도 우리 다시 한번 사랑한다면

변해버린 그니 예전처럼 돌아오려나

아니, 지고한 그 사랑 당장 다시 돌아올거나?

* 꽃말은 '질투'이지만 '바람난 처녀'를 뜻하기도 함.

만약에 그대가

만약에 그대가
남들처럼 행복해지려거든
속내에 품고 있는 누더기같이 더러웁고
허황된 욕망도 그저 훨훨 벗어버리고
있는 그대로 아둔하고 담박한 삶을 살라

허면 늘 새롭게 해 보랏빛 환한 보석처럼
빛나고 우아한 제 삶을 살 것이요
사뭇 달라진 그대에게는 먼 훗날
먹구름 걷히고 맑게 갠 그런 날이 오리니
아마도 그때에는
지극히 작은 것에서부터 기쁨이 넘쳐
온전히 발효된 삶을 살 것이라

그런즉 황금을 좇는 끝없는 탐욕과
분수 밖의 까칠한 욕망을 비우고
버리고 벗어버리는 무욕無慾함에서
비로소 보랏빛 행복을 얻는 거다

천상으로 가는 길

저마다 가는 길이 다를지라도
내 가는 그 길은 어느 길보다
하늘 문을 열고 천상으로 가는 길이면 좋겠네

아름다운 이 세상 소풍 끝나는 날*
내 영혼이 머잖아 한 잎의 잎새로 부름받아
가 닿을 곳이라면 아직은 그곳이 낯서니
가급적 에움길로 돌고 돌아서

이 땅에서 죽는 날까지 큰 복락 누리다
하늘 저편 천국에는 한참 지난 천년만년쯤에
느리게 아주 느리게 가면 안 될까?

원하옵건대 사生는 날까지
산문山門 중간쯤 기대어 있다가
때死가 가까워질 즈음에
그대 곤한 날개 품으로 날 데려가 다오

* 천상병의 시 「귀천」에서 인용.

65

부끄러운 고백

한때는 한마디 말에도 감동에 겨워
금세 감격의 눈물을 흘린 적도 있었지만
뜻하지 않은 결별로
선량한 내 마음을 그만 헤집어놓고
당신과 헤어지고 보낸 나날
난데없는 우수가 몰려와
이내 상처 되어 미어진 가슴에
또아리를 틀고 말았다

뜻하지 않은 별리別離로 상한 마음
때 되면 아문다지만
치유는커녕 나아질 기색도 없고
언제부턴가는 지독한 공허함이 잇달아
적잖은 시달림만 당했다

어쩌다 추적추적 녹비라도 뿌리는 날에는
사랑했다는 진실만이 공허로 느껴질 때

어디다 의지할 곳이 없어
까닭 없이 쓰라림을 겪어야 했고
내 생에 그토록 상심한 때는 진정 없었다

부끄러운 고백이지만
나 이제 이별 따위가 내 삶에 시詩가 된다 한들
너도 가고 나도 가야 하는 그런 등진 헤어짐만은
그래서 아주 무섭도록 싫다

침묵

제아무리 화난들
불쑥불쑥
함부로 욕하지 마라!

욕설은
밖으로 미움을 낳고

과묵하게 꾹 다스리는
혀는
안으로 겸손을 낳아

사람의 제 마음을 얻느니

4부

복엇국

짭조름하고 시원한 국물 맛 때문인가
숱한 사람들이 일부러 즐겨 찾는 복엇국은
복사꽃 피기 이전이 제철이다
볼품없는 복어가 꽁꽁 언 추위에도
강어귀를 거슬러 올라온 삼동이라야 맛이 좋다
생김새와는 달리 식탁을 쥐락펴락하는
으뜸의 먹거리로 널리 알려져서일까
위상을 익히 다 알고는 있지만
평소 독성이 있다 하여 여간해선 날걸로 먹지 않는다
삭혀야 제맛이 난다는 알싸한 홍어보다
속풀이 요리로는 복어를 푹 우려낸 걸쭉한 진국이
가히 한 수 위이다
눈꽃 산행을 마치고 하산이라도 하는 날에
벗과 함께 법석대는 저잣거리에서
얼큰한 국물에 한잔 술이라도 건하게 걸치다 보면
틈새의 휴식은 갑절로 즐겁다

도다리쑥국

봄이 오는 길목에 남녘 갯가에서
결 좋은 봄 햇살 쬐며 움튼 쑥은
봄을 알리는 전령의 식재로 널리 알려지고
언 땅을 뚫고 올라온 파릇한 해쑥은
초봄이 아니면 뻐세서
쌉쌀함과 향긋함이 사라진다 하여
유채꽃 필 무렵이 딱 제철이다
봄 향기 머금은 국물은
쌀뜨물에 된장 넉넉히 풀고 싱싱한 도다리 넣고
한소끔 끓인 다음 말미에 쑥이 들어간다
주로 가난한 식탁 위에 오르는 국거리로
별난 찬거리나 기교를 부리지 않아도
멀거니 끓여낸 게 고작인데도
쑥과 도다리로 우려낸 깊고 슴슴한 맛은
시원하고 향긋하다
이따금 수더분한 남도 아낙 솜씨로 끓인 뜨끈한 국물
한시도 잊을 수 없어 천 리 길 마다 않고
유랑의 발길 자꾸만 재촉하네

벙굴

모진 추위 견뎌내고
봄볕에 올망졸망 곱게 핀 꽃들이
아름다운 자태를 뽐낼 무렵
봄소식에 나들이를 허락한다면
은빛 구슬 너울대는 망덕포구로 가보시라
따사로운 봄 햇살이 재채기할 즈음
매향 홀로이 가득한 내 고향 섬진마을은
눈 덮인 세상인 양 지천이 눈이 시리도록 하얗다
그럴 때일수록 한사코 유년의 옛 추억이 깃든
두메 고향이 사뭇 그리워진다
벙굴은 벚꽃 필 무렵에 강에서 채취한다 하여
이름하여 벚굴 또는 강굴이라고도 부르지만
갯바위에 찰싹 달라붙어 자란 따개비굴石花과는
비교가 안 될 만큼 클뿐더러
짭조름하면서도 달달한 맛이 아주 남다르다
언 강물 풀리고 서럽게 핀 매화꽃 지기 전에
물 향기 물씬 풍기는 섬진강 가에 가며는
벙굴의 진미를 쉽사리 접할 수 있다

백합

모든 어패류는 찬 바람이 옷자락 만지고서
더딘 걸음으로 찾아든 늦은 봄 언저리에 이르러야
제맛을 낸다
조개의 왕, 살아 있는 비단으로 불리는 백합은
비릿한 내가 없고 특출하게 육질이 부드럽고 쫄깃해
명성에 걸맞게 더없이 맛이 있다
애초에 섬진강 하구 도처에서 채취한 백합을
으뜸으로 쳤으나
요새는 그전과 달리 잡히진 않고
근래 와서 계화도 번등에서 캐낸 게
나름 인정받고 있다
벚나무가 일제히 꽃망울을 툭 터뜨리는 사월,
회며 탕이며 구이 그중에서도
시원한 백합죽은 천하 일미이다
라일락 향기 짙어지고 보리피리 불던 그 무렵
정성스레 챙겨낸 한 그릇의 백합죽은
더할 나위 없이 개운하다

주꾸미

옛날에 낙지가 싸고 흔할 때 본시 주꾸미는
못난 사촌으로 그다지 알려지지 않아
한때 찬밥 신세인 양 홀대받는 일 다반사였다
얄궂게 보릿단 위에 구죽죽 비라도 내린 날
그때는 낙짓값이 급등하여 아예 구하기 어렵고
정히 없으면 그나마 천덕꾸러기 주꾸미가
비로소 진가를 발휘했다
밥알을 잔뜩 품어 쫄깃쫄깃 씹히는
매콤한 주꾸미볶음 한 접시를 시켜놓고
무료함도 달래다가 밭에 밀이 무르익어 가고
들엔 꽃향기가 코끝을 찌르는 그때쯤
저기 저 서천 마량항에 가끔 들러 지평 너머로
해거름 낙조 바라보며 망중한을 누리다 오면 어떠랴
익히 아는 낙지에 가히 비할 바 있겠냐마는
그래도 돌아서는 뒤안길에 천덕꾸러기 주꾸미 은덕에
증인 구실을 하지 못한 난
지금도 민망할 정도로 후회하곤 한다

민어

산란을 앞둔 유월 초여름 내내 가장 맛이 좋단
민어회는 살아서 사납게 퍼덕일 때
야들야들 떡처럼 두툼하게 썰어
인절미같이 찰진 맛으로 먹는 게 좋지요
비릿한 내 없앤 맑은 탕, 얼큰한 매운탕은 담백하여
조개나 소고기로 육수를 우려내면 시원하고
감칠맛은 까탈스러운 입맛도 되살리죠
민어는 버릴 것이 없다 하여
흔히 생선회로 전으로도 부쳐 먹지만
나름 절묘한 맛을 내려면
매콤한 고춧가루 넉넉히 풀고서
오래 푹 삭힌 묵은 김치며 푸성귀 몇 점 넣고 소금 간,
풋마늘 넣어 자글자글 끓여도 감칠맛은 기가 막히죠
오뉴월 앵두가 무르익을 무렵
낡은 적산가옥이 즐비하게 늘어선 낯선 거리며
소금기 묻은 목포항 부둣가에서
풍어를 알리는 뱃고동 소리 실컷 듣는 것도
그런대로 묘미가 있지요

은어

목 놓아 울던 매미도 울다 지쳐 목이 쉰 환장할 여름에
섬진강 바닥의 물이끼만 먹고
일급수에서 깔끔 떨며 산다는 은어라면
더러 폭양의 여름날 먹성 좋은 식객들은
식감에 환장들 하제, 그래서
싱싱한 회로도 즐겨 찾지만 굵은 소금 뿌려
센 숯불에 노릇노릇 구우면
각별히 은은한 오이나 수박 향이 그윽이 나기에
입맛이 바닥날 땐 살만 발라 담백하게 들기도 하제
한편으로 구이 살은 갓 지은 보리밥과 둘둘 섞어
고추장에 척 비벼 들면
별도로 보양이 필요 없을뿐더러
삼복엔 더위가 씻은 듯이 사라진다 하여
이 또한 예로부터 진상품으로 널리 알려졌제
그렇기에 극성스러운 여름
지칠 대로 지쳐 떨어진 입맛도 되살리고
힘껏 움켜쥔 더위를 이겨내기 위해서 과연
그만한 호사스러운 보양 음식이 또 어디 있을까

물회

보리가 누릇누릇 익어가는 늦봄부터 그 여름 끝까지
서민이 즐겨 찾는 물회를 들 수 있는데,
자리는 뼈째 썰어 밭에서 거둔 채소며
신선한 제피와 함께 날된장과 쉰다리* 식초에
살풋 말아 들이켜면 청량감이 더해
여름 간 줄 모르고 지낼 수 있지, 그뿐이랴
세상을 바꾸고 싶은 양 자미꽃 환하게 필 무렵
갓 잡은 한치는 정갈히 채 썰듯 썰어
새콤한 초고추장 푼 물에 들면
배지근한 맛에 먹음직하다
저기 저 보목포구 선착장에 가보시라
상큼한 푸른 바다를 잔뜩 머금은 그곳에선
진짜 제주다운 물회 사랑을 엿볼 수 있다
파도 소리 장단 맞춰 불러대는 서귀포를 아시나요
구성진 가락이 귓전에 은은히 들리고 탁 트인 바다,
고샅길 굽이진 돌담도 정겹게 느껴보게
너영나영 떠나자, 서귀포로

* 보리밥을 발효시켜 만든 식초.

78

전어

살이 오동통 오를 대로 오른 전어는
집 나간 며느리도 굽는 내 맡으면
집에 돌아온단 말이 있듯이
가실 전어가 제일 맛이 좋지요
갓 잡아 선도가 좋은 전어는
뼈째로 썰어 들기도 하고
얇게 포를 떠 무침으로 먹기도 하는데
굵은소금 적당히 뿌려
탄불에 은은하게 구워서 먹기도 하지요
흔한 일은 아니지만 하늘이 허락하면
자연산 송이버섯에 곁들여 드는 게
미각을 더 살릴 수 있어요
전어는 남해안산産을 으뜸으로 치며
귀뚜라미 울음 그칠 구월,
초록이 지쳐 단풍 들 무렵이 제철이지요
갯내 짙게 나는 서럽디서러운 남도 끝자락 삼천포나
그곳에서 빤히 보이는 남해에 들러
사르륵 철썩 부서지고 뒤엉키는 파도 소리
연신 귀동냥하며 맛보는 게 더없이 좋답니다

낙지

예로부터 낙지는 힘에 부쳐 축 늘어진 누운 소도
벌떡 일어나게 한다는
바다의 강장제로 널리 알려져 왔다
봄철 낙지도 꽤나 맛이 있다지만
제법 아는 이는 오히려 무서리 내린
가실에 잡힌 낙지를 훨씬 즐겨 찾는다
제대로 즐기려면 싱싱한 콩나물 몇 줌,
여린 박 송송 썰어 넣고서 말갛게 우린 육수에
산낙지를 넣고 스윽 지나가듯 익혀내면
국물이 시원해 더없이 좋다
썰물 사리 때 잡힌 낙지를 알아주는데
이는 짐작건대 아마 질 좋은 번둥에서 꼼작거리며
부잡스레 천방지방 까불대서
입소문처럼 맛도 영양도 그리 알려진 게다
세상살이 힘겹거든 칭얼대는 파도 소리
우라지게 듣고 바람도 쐴 겸
가차운 바닷가로 표연히 마실이라도 가볼까

굴

찬 바람이 등짝을 마구 때리는 동짓달에
서걱이는 댓잎 소리 소조히 들릴 때면
그때부터 돌 따개비에서 자란 생굴을 먹게 된다
탱탱하게 살이 오른 굴은 영양도 풍부하여
구수한 맛이 난다
제대로 맛보려면 새콤한 초장에 찍어 먹거나
아니면 숙성된 어리굴젓으로 삭혀서 얼얼하게 먹는데,
청빙淸氷의 겨울철에 굴 몇 점 넣고 끓인
매생잇국이나 김국은 별미 중에 별미로 예사롭지 않다
구라파에서는 흔히 껍질을 까서
앵두 같은 입술에 살포시 대고 먹는 게
음탕한 여인과의 입맞춤으로 묘사되어
사랑의 음식으로 일컫는다
모쪼록 숙성된 사랑 타령도 늘어지게 들어보게
너그러운 사량도島로 소문난
맛집이나 바로 찾아 나설까

과메기

아무짝에도 쓸모없는 꽁치나 청어가
얼고 녹길 수없이 반복하며
찬 갯바람에 꾸덕꾸덕 말라서 과메기가 된다
옛날에 동해안에서 과거를 보러 가던 유생이
하도 배가 고파 바닷가 나뭇가지에
마른 채로 매달린 청어를 먹었는데
입맛을 마음에 지니고 집에 돌아와 손수 말려서
먹은 게 비로소 과메기 기원_{基源}이 되었다
꾸덕꾸덕 살짝 마른 과메기는
생미역이나 마른 김과 싱싱한 쪽파에 둘둘 말아
새콤한 초고추장에 찍어 곁들이면
소박한 술안주로 환상의 궁합에 두말이 필요 없다
저간에는 미용에도 수월찮게 좋다는
섭섭지 않은 입소문도 자자하다
성가시기는 해도 찬 바람 불 때면
무던히도 좋아하는 먹성 좋은 마니아의 닦달에
못 이긴 듯 덩달아 구룡포로 같이 한번 가볼거나

5부

뿌리

먼 윗대 공대공* 할아버지께서 후손들에게 친히 이르길
뼈대 있는 가문의 자손은 인간됨이 먼저라 하시며
군자는 언제나 마음에 흐트러짐이 없어야 하고
언제 어느 때나 화합하고 하나 되어
부끄럽지 않게 겸허히 살라 하셨다

또한 세상 사는 동안 "늘 공경하고 순하게 하여
윗사람을 잘 섬기고 전례에 어긋남이 없게 하라"시고
뿌리 깊은 가문에서는 모름지기
청빈한 선비로 예를 갖추어 무본務本하고
가문의 얼을 본받아 승어부勝於父하라 하시고는

지조 높은 선비로 세세연년 두루두루 덕을 쌓고
더 나아가선 만인 앞에 자신을 낮추고 타의 본이 되어
수도修道하는 마음으로 올곧고 속 깊게 살라며
누누이 당부하셨다

* 조선 전기의 문신 정척(1390~1475).

긍정과 부정

　말도 마라, 아주 어릴 적에 난 못 말리는 개구쟁이로 하는 짓마다 말썽꾸러기였다

　하루는 어벙한 친구를 꾀어 뽈대*를 빼앗아 먹었는데 꼬임당한 친구가 휘두른 조그만 망치에 그만 내 이마빡이 함몰되어 피투성이가 된 적이 있었다

　그런 일이 있고서 울 엄니 하신 말 "너는 커서 도대체 무엇이 되려고 사사건건 말썽만 부리느냐"시며 심히 꾸중 들던 찰나에 우리 할배 그 광경 보시고는 "아가 그만 하거라, 그래도 나중에 커서 그놈이 크게 될 거다"시며 내 편을 들어주셨다

　걸어온 우여곡절의 세월이 오가고 말귀를 알아들을 즈음 부정의 뜻 '도대체'와 긍정의 뜻 '그래도'의 차인 천지간이란 걸 새삼 알게 되었느니 무엇이 되고 싶어 하는 나에게 하신 지엄한 그 말씀이 아직도 내 귓전에 쟁쟁히 들린다

　* 바다 다슬기.

앓던 이

요즘 들어 부쩍 아리고 시리고 쑥쑥거려
연사흘 날밤을 지새우다
달리 어찌해 볼 도리가 없어 급기야
금쪽같은 이 두 개를 서둘러 빼고 말았다

오호라,
너무 오래 부려먹었다고 소쩍새 울음처럼
쑥국쑥국 그렇게 아렸나 보다

발치한 이 까치에게 넌지시 던져주던 날
섭섭히 대뜸 던지는 말 한마디
살이 너무 많이 빠져 보인다고
숱한 날을 모질게 고생고생하더니만
한결 수척해졌다고 대놓고 놀려댄다

연수가 경과된 앓던 이 두 개가
정작 내 몸무게에 몇 푼어치나 된다고…

누이야

누이야,
산모롱이 돌면 실개천이 휘돌아 나가고
산에는 진달래 들엔 개나리 종다리 드높이 날고
철없는 강아지처럼 촐랑대며 뛰놀던
고향 산천에 가자꾸나

짙푸른 동백이 우거지고
은빛 구슬 뿌려 너울대는 바닷가에서
버리기 아까운 과거의 기억들 늙은 곡간에서 꺼내
옛날의 금잔디를 목청껏 부르며
옛 추억 찾아 나서자

오곡백과가 몽실몽실 익어가는 가실에는
산들이 뒷짐 진 채로 머얼리 나앉은 드넓은
마로馬老 빈 들에서 쏟아지는 초롱한 뭇별에게
숨겨둔 소원이라도 한껏 빌어볼까

삭풍이 몰아친들 어딘들 못 가겠냐마는
우리를 푸른 풀밭 물가로 인도하신
부모님 무덤 찾아서 한평생 허물없이
살뜰히 살았다고 두런두런 얘기꽃이나 피워보자

그러고는 우리 인생 저물기 전에
물동이 호밋자루 내던지고 떠나온 그 땅에서
물방앗간 아들딸로 오순도순 우애 있게 살자꾸나
누이야

내 나이 상강霜降에
– 참회록

간밤에 내린 서설瑞雪은 변해가는 기억들만
훨훨 벗어버린 나목의 우듬지에 부려놓고
배회하던 내 인생은 철 지난 유행가처럼
이내 헐하고 어느덧 주름만 늘어
상강의 나이가 되었다

지난 삶의 흔적들 돌아보면
껍데기뿐인 알량한 자존심 하나만 믿고
부끄럽게 살아왔고
이제는 몸도 마음도 점점 사위어
이른 겨울 녘에 접어들고서 힘에 부쳐
떨이 인생 되어 기력조차 쇠잔해지고 말았다

흘러간 청춘 되돌릴 순 없지마는 문득
무거운 인생 짐 등에 지고 산다는 건 때론
슬프고 힘들고 허무한 것이라

그래서 지금이라도 당장

온갖 슬픔도 괴로움도

허무함 따위도 다 부리고서

언젠가는 참나로 돌아가 소중한 사람들과

그저 화이부동 和而不同*하며

다부지게 한번 살아볼 일이다

* 남과 사이좋게 지내지만 자기 중심과 원칙을 잃지 아니함.

회갑을 맞이하며

육십 평생에 고작 한 번 올까 말까 하는
유례없는 혹한이 오늘따라 매서운 한파를 몰고 와
세월을 할퀴고 지나갈 때
세상과 타협하며 성실히 살아온 지난 세월
주목받지 못한 내 비곤(悲困)한 삶을 되짚어 보며
모쪼록 몽당연필로 어설픈
시 한 수 끄적거리며 진종일 보냈다

세상에 태어나 울음 터뜨리고
잠시 주위를 살필 겨를도 없이 묵묵히
일상의 지표를 휘적휘적 걷다 기로(耆老)에 이르기까지
무엇 하나 이루어놓은 일도 없이 허송세월
나이만 꾸역꾸역 먹었구나
그런 생각에 사로잡힐 때면 섣불리 그려놓은
겉늙은 나이테가 너무 부끄럽기만 하다
근간에 세상이 으레 백세시대이다
그리 가볍게 생각하면 예순의 나이는
이제 겨우 꽃이 만발한 시기일 뿐

또한 대꽃이 피기까지는
한 백 년이 걸린다는 말에
그리 위안을 삼으면 앞으로 살날이 적잖이 남아 있기로
희끗희끗 반비*가 됨을
가엾다 할 것까지는 아닌 듯하다

생에 주어진 세월이 무한하지 않지만
한편으로 그 꽃이 오래도록 지지 않을 게다
그렇게 여유만만하게 생각하면
아직도 덤으로 허락된 내 인생
허다한 일이 잔고로 잔뜩 남아 있다 할 것이다

모름지기 세속의 나이야 아랑곳없이
선인先人들이 오늘을 위해 사과나무를 심는 것처럼
소중한 인생 내일을 위하여
지금이라도 당장 사과나무를 심어야겠다**

* 전체 인구 40%가 65세 노인이 된다는 뜻.
** 콘스탄틴 게오르규의 시 「영원히 사는 비결」에서 운을 빌려 씀.

백운산

그토록 목마른 가뭄에도 타지 않던 섬진강은
굽이굽이 적시며 저 남녘 바다와 잇닿은 곳에
수묵으로 흰 구름 몇 점 수놓고선
푸른 산빛 아래로 날 오라 하네

연분홍빛 고운 봄날에 산벚꽃은 피어서 희고
자생한 고로쇠가 정으로 내뿜은 골리수骨利水로
한껏 목젖을 적시기도 하다가

몸서리치는 한여름 먹먹한 무더위엔
울창한 잣나무 삼나무 편백이
한데 어울려 일가一家를 이루고
도처의 짙푸른 숲에선 치유라도 하란 듯
피톤치드를 아리아리 방산해 내는구려

저리 곱게 물든 가을 산에선
지천에 널린 참나무 졸참나무가

수고해 맺은 열매로 서로들 유혹하며
놀란 다람쥐 청솔모도 발정 난 온갖 산새들까지
떼 지어 불러대는구나

그리운 두멧골 가시내는 넉넉한 자연을 벗 삼아
골짜기 가득 물소리 바람 소리 귀동냥하며
때 묻지 않은 청산에서 현명한 새*처럼
산막 짓고 살자 하네

* 현명한 새는 나무를 가려서 둥지를 튼다良禽擇木.

눈물의 비빔밥

아버지 잔기침 소리에 문득 잠에서 깨
울 엄니와 단둘이 도란도란 나누시는 말씀이
조그맣게 난 봉창 틈으로 들리는데
가세가 기울어 끼니를 걱정할 기궁한 살림에
입 하나 덜어보겠다고 앳된 날 부득이
외지로 보내야겠다는 얘기가 오가네
어린 나이에 난생처음
나고 자란 곳을 떠나 생이별을 해야 한다니
내 작은 가슴이 서러움에 복받쳐
밤새도록 잠 못 이루고
몰래 눈물 머금고 여린 마음 졸이며
바랑 하나 딸랑 짊어 메고
산 설고 물 선 대처로 가는 길에
아버지와 단둘이
콩나물비빔밥으로 끼니를 때우는데
하루해가 저물어 이제 긴 이별을 해야 한다니
울컥 돋는 서러움에 그만 목이 메어

눈물의 비빔밥이 되고 말았네

이젠 나이 먹고 철들어

자식 된 도리를 하려고 하니

선친은 구름도 쉬어 가고 바람도 머물다 자고 가는

구만리장천 어느메에 계시고

차디찬 겨울바람이 문풍지를 찢고 들락거리는 날에는

구순히 살아온 지난날 지지리도 모질었던

내 유년의 기억들이 아련하여

자꾸 눈시울이 붉어지며 연신 그리움만 쌓이네

시인의 길

쓸 만한 지필묵 하나 없는 곤궁한 서생이
딴에는 불멸의 시를 꼭 한번 써보려고
구차하게 살아온 오랜 기억 뒤척이다
질펀한 제 삶이 옹색하고 초라했던지
썼다 지우고 이를 그냥 포기할까도 생각다가
저녁 별이 글썽이며 들려준 얘기들
자취 없는 허공에다 뜻 없이 써놓고선
그게 근사한 시로 태어날 건지,
그걸로 몇 푼어치 밥벌이가 될 것인지
이런저런 어쭙잖은 생각에 저당 잡힌 내일을 걱정하더군
얄팍한 지식으로 반 뼘쯤 모자란 시를
몇 번이고 고쳐 쓰고선
결국 한 송이 꽃도 피우지 못한 채
걱정만 잔뜩 늘어놓고 말았다
무릇 쩡하게 울리는 불멸의 꽃을 피우진 못했어도
그게 또한 변변한 밥벌이가 안 된다 해도 난,
아직 써지지 않은 시를 좋아하며
끝내 결곡한 시인의 길을 따르리

인생무상

인간의 영靈은 독수리 날개 쳐 올라가듯
저 높고 높은 하늘 보좌로 향하고
반면에 짐승의 혼魂은 한사코
낮고 낮은 고적한 이 땅으로 향한다

날 때부터 손안에 그다지 가진 것도 없이
빈손으로 왔다가
이 세상 소풍 끝나고 돌아갈 때도 땡전 한 푼 없이
기껏해야 흙먼지로 가는 초로草露의 인생이라

사노라면 인생사 새옹지마 같으니
누구나 어차피 한 번 죽는 건 필연 정해진 일
인생은 그저 무일푼이므로
이 세상은 잠시 쉬었다 가는 곳
끝내 한 줌의 재가 되어 흙으로 돌아가리니
"헛되고 헛되니 모든 것이 헛되도다"
저마다 부질없더라

물처럼 살다 가리라

― 상선약수上善若水*

그 흔한 물과 공기와 바람결에 기대어 허둥대며
앞만 보고 살다 보니 참 많이도 걸어왔다
거친 광야의 굴곡진 삶을 걸어온 지난날들
곰곰이 뇌어볼진대 찌든 삶 속에 팔 할은
허물이 되어버린 거짓과 상처와 슬픔뿐이다

사는 게 힘들어도 이참에 온전한 삶을 위해
은근히 꽃을 피워 아름답게 결실을 맺으리라
믿음의 손을 불쑥 내밀며 내사 힘을 보태
치유할 긍정의 씨를 뿌리나니,
물이 바다를 덮음과 같이 인자하고 자비롭게 살리라

하여 난세에도 기꺼이 견뎌내고 더러 고통과 역경과
허물도 벗고선 잃어버린 나를 되찾아
진인眞人으로 물처럼 살다 가리

* 『도덕경』의 말로 가장 아름다운 인생은 물처럼 사는 것이라는 뜻.

6부

적송

슬픔이 가득하고 아픔이 서린 곳 동천冬天에
찬 바람이 거친 숨결로 첩첩 사연 몰고 온다 해도
독야청청 곧은 기운 품고서 굳건히 견디며
더러는 모진 세파 다 겪으면서도
꺾이지 않는 생명력으로 낙락장송 되어
악한 무리들의 권력이 시퍼렇게 살아 숨 쉬고
두렵고 가혹했던 서슬이 푸른 시절에도
오로지 절개만은 한결같이 지켰느니라

그뿐이랴, 성자처럼 침묵하며 흐르는 저 서강西江은
속 깊은 어미의 마음으로
애처롭게 울부짖는 의로운 혼령과 함께 붐비다
흐르는 아리수 줄기 따라 굽이굽이 돌고 돌아
두물머리 적시고 장안에 당도하며는
악하고 잔인한 무리들이 저지른 노략질,
실록實錄에는 없는 당신의 의롭고 귀한 향기
하고많은 하고픈 말들 후대에 꼬오옥 전하리다

* 영월 청령포 적송을 떠올리며.

103

귀거래

싱그러운 숲이 그리운 날
초입부터 다문다문 들어찬 잣나무 숲길을
죄 없이 어정거리다가
인심이 후하다고 소문난 가평엘 잠시 들렀다

아이 같은 순진함을 간직한 그곳은
산 좋고 물이 맑아 더없이 살기 좋아서
시인과 묵객들이 청풍명월을 벗 삼아
허물없이 살아가며
학문과 예술을 꽃피우는 곳으로

한때 무례히 굴던 홍건적 난을 피해
뜨내기로 달포 가차이 피난살이하고 간
공민왕이며 노국공주에 얽힌
눈부시게 슬픈 망국亡國의 얘기가 문득 생각나고

헐벗은 나목은 글쎄,

바람조차 낯선 강가에 도도히 서서
떡 하나 더 먹고 가라는 후한 손짓으로
떠돌이 발길을 붙든다

세파에 부대끼며 잡초 같은 삶을 살다
금 간 옹기처럼 사는 게 무장 신산辛酸하고
어쩌다 내가 살아온 삶만큼 허전함이 몰려들 때에는
살기 좋기로 소문난 전원으로
혹여 시골 쥐같이 귀향할 뜻은 없으신지

비렁길

떠도는 구름 한 점
끝없이 이어지는 넘실대는 바다
갈매기 떼 긴 울음 남기고 지평 너머로 날아가고
아찔한 해안의 기암절벽과 아슬히 깎아지른 비렁
그 위태로운 비경秘境을 보라

해신海神이 빚어낸 선물이더냐?

가난한 햇살 품고 벙긋 핀 동백꽃
곱디고운 동박새 울음소리 들을 때마다
마음 한켠에 평안이 찾아들고
야윈 내 정신도 청아하게 되살아난다

저기 저 금오도 비렁길 한가로이 걷다가
너덜너덜 살아온 삶도 되돌아보고
쪽빛 바다 부서지는 새하얀 놀 위에
추억 하나 고이 묻어두고 오리라

그러곤 한시름 덜고 살다가
세월의 갈피 속에 넘실대는 파도며 쪽빛 바다가
날 갖고 싶어 하거나
어쩌다 생에 묻어둔 온갖 기억들이
각주脚註처럼 매달려 되살아난 날에는

그대와 나
저녁이 잉태하는 서녘 하늘 고요히 바라보며
연짓빛 노을에 등진 그림자와 함께
오달지게 걸어보는 건 또 어떠랴

남산골

　넉넉한 품 안에서 붐비는 남산골은 한때 남촌이라 부르곤 했는데 벼슬아치가 사는 가회동 북촌과는 달리 구실살이 끝에 물러나 달그락거리는 곡간 밑바닥 긁으며 하루하루 근근이 살아가는 퇴물 선비들이 무리 지어 살던 곳으로 도저히 가망도 없는 일이 노상 성사되길 바라고 행여나 하는 터무니없는 운을 바라거나 헛된 욕망과 허튼 꿈 꾸며 기울어진 영혼들이 가난하게 살아가고 있었다

　알량한 자존심 하나로 살아온 남산골샌님에겐 '딸깍발이'*라는 별호別號가 붙여진 때도 있었지만 한때는 게다짝 소리가 산 너머로까지 우북이 들릴 때도 있고 툭 하면 추악한 음모의 군홧발 소리 심지어 공포의 호루라기 소리가 예사롭지 않게 수선 떨 때도 있었다

　해방 이후 남산골은 수치스럽게 생각던 딸깍거리는 나막신 소리, 푸념 섞인 게다짝 소리도, 엄숙한 지하실

의 두려움도, 굴욕과 고등계 형사들의 무진 압제도, 기
세등등하던 군홧발 소리까지 날로 다 사라진 뒤 늘그막
에는 고만한 한옥으로 쉼 없이 탈바꿈한 변화 속에서
모든 게 새삼 몰라보게 달라졌다

　이렇듯 근간에 산허리 구석구석마다 싱거운 일상들
로 재미나는 이야기꽃이 우부룩이 피나니 이제 다정다
감한 남산골은 생기가 넘치고 안도安堵의 미소가 넉넉
히 흐르는 평온한 고을이 되었다

* 자존심만 센 가난한 선비를 놀림조로 이르는 말.

섶다리*

외줄기 흐르는 강물이 새파랗게 얼어붙은
겨울 강 위에
솔가지 촘촘히 올려놓은 소박한 섶다리가
조그만 강 하나를 사이에 두고 끊임없이
마냥 길손을 기다린다

지도에도 없는 골 안 외딴 동리는
두문즉시심산杜門卽時深山이고
수수하면서도 화평한 풍광으로 사뭇 정감이 넘쳐나
한겨울에 수채화 같은 목가적인 풍광도
덤으로 볼 수 있을뿐더러
가끔 적막을 떨치고 수런대는 멧새 소리
포로로 들릴 때면
그때만은 유난히도 귀에 설하게 들리곤 한다

봄이 오는 길목엔 파랗게 질린 언 강도 풀리고
다리 아래엔 보기 드문 빠가사리 꺽지

날랜 은피라미들이 세찬 급류를 거슬러 올라와
아양 떠는 물고기 떼도
눈 뜨면 문득 그립고 보고 싶은 그런 날이 오거들랑
거짓에 잠든 세상 등 뒤로 하고 마음도 다스리게
봇짐 멘 나그네 채비로 떠나라

허면 영혼이 선한 자에게는 그저
지저귀는 멧새 소리 청청淸淸하고
고요함도 물고기 떼가 수다 떠는 속삭임도
맑게 들리나니

골 안 물안개 걷힐 때면
세상 어느 지도에도 알려지지 않은 그곳,
오묘한 자연도 일깨워
신비의 세계를 엿볼 수 있으리

* 강원도 영월군 주천면 판운리에 위치.

111

농다리*

짚세기 질끈 동여매고 발길 따라 무작정 가노라면
천년의 숨결이 흐르는 투박한 돌다리가 훤히 보인다

때는 바야흐로 고려시대, 생거지生居地 진천에서 어머
니가 아들 편만 들다 어처구니없이 딸이 죽게 된다는
지워지지 않는 전설은,

평소 유달리 지고 못 사는 남매가 힘겨루기로 자웅을
다투는데 택일하여 아들은 송아지를 끌고 개경을 갔다
오고 실한 딸아이는 그동안 이곳에 남아 돌다리를 놓기
로 한 것이다

듬직하고 미더운 딸아이는 어느새 징검다리를 거의
다 놓아가는데도 어찌 된 영문인지 개경엘 간 아들놈은
급할 것이 없이 만고강산이라

아들 살릴 묘책에 다분히 방해할 심사로 딸에게 때마

다 먹을 걸 해다 주며 속임수로 시간 벌길 하는데 디딤
돌 한 칸을 마저 놓기 전에 때마침 아들이 돌아오자 약
속대로 누이가 죽는다는 목젖 적시며 전해오는 슬픈 이
야기이다

　꼬임에 영락없이 넘어간 딸아이가 내동댕이친 증오
의 징검돌은 용하게 지금도 개울가에 그대로 놓여 있고
두고 간 산하에 박힌 돌은 구천에서 떠도는 누이의 혼
령이 서러운 달빛에 흥건히 젖어 가끔 내려와 머물다
가곤 한단다

　그래서일까, 매번 장마가 지는 날엔
　못다 놓은 다릿발 하나가 기이하게도
　해코지나 하듯 큰물의 기세로
　번번이 떠내려가곤 한다

* 충청북도 진천군 문백면 구곡리에 위치.

수표교*

기억을 할는지 모르겠습니다만
내가 태어난 건 지금으로부터 육백여 년 전이지요
청계천에서 숱한 사람이
우마시전牛馬市廛으로 오가기도 하고
물의 깊이를 어림잡아 재는 구실을 했었죠
한때는 그럴듯한 쓸모 있는 일만 하다가
잦은 수해로 개천이 범람하고
근래에는 복개며 시가지 개발이란 핑계로
숱한 수난도 겪었지요
그러다 어느 때인가,
생전 보도 듣지도 살아보지도 못한
낯선 홍제동으로 거처를 옮겼다가
그곳에서 그다지 정도 붙여보지 못하고
허구한 날 달구똥 같은 눈물만 흘렸지요
한술 더 떠 뜨내기로
장충단공원 한 모퉁이로 떠밀려 와
어디서 무얼 하고 있는지 무관심 속에서

한 줌의 미물로 거소를 옮겼지요
갖은 수난은 곧잘 잊을 순 있었지만
관심 밖의 수모만은 아예 참을 수가 없네요
마음이야 비록 신세 진 것도 많고 하니
지금이라도 당장 맨 처음 살던 청계천으로 다시 가
그곳에서 원래 하던 일을 하고 싶네요

* 1420년(세종 2년)에 만들어진 다리. 처음에는 마전교라 불림.

우리 땅 독도

동해의 외로운 섬을
그 누가 자기네 땅이라고
턱없는 말만 늘어놓느냐

재앙 떨다 자취를 감춘 강치를 불러 물어볼까
텃새 괭이갈매기 떼에게 물어볼까나
긴긴 잠에서 깨워 신라 장군 이사부께,
아니면 터줏대감 김 영감님께 물어볼까 보다

조선 천지,
어느 하늘 아래 그 어디에 눈을 씻고 봐도
아니라 할 자 아무도 없느니라

어떤 이는 네놈들이 살고 있는 그 땅이
아주아주 먼 옛날 지각변동이 있기 전에
양달 진 반도에서 한 몸이었다가 떨어져 나갔으니
숫제 우리 땅이었다더라

헌데 야비하고 교활하고 고약한 네놈
쪽발이 말고는 그 아무도 자기네 땅이라고
우기는 이가 없단 말이다

꼭두새벽에 저 멀리 울릉에서 개 짖고
닭 우는 소리가 아스라이 들리는데 글쎄,
니네 땅에선 단 한 번이라도 들어나 보았느냐
이 못된 놈들아!

사려니숲길

문득 겨울나무 가지에
활짝 핀 순백의 눈꽃을 보고 싶거나 가끔
별 헤는 속삭임도 궁벅궁 멧새 울음도
마냥 엿듣고 싶거든, 떠나라!
거짓이 잠든 이곳을 등진 채
심중心中에 실마리가 풀리지 않는
모든 문제들 품고
한시라도 주저 말고, 숲으로 가라!
그리하면 신비한 기운이 흐르고
별똥이 쏟아지는 원초의 사려니숲길이
상한 네 영靈을 씻을 물로 새롭게 하여
갈급해하는 너에게 감추고 싶은 일도
엉킨 실마리도 풀어주리니
그대여,
천년의 숲 적막감마저 도는
영산靈山 사려니를 이마에 얹고
바람 따라, 허허롭게 가라!

신성스럽고 가미*로운 영험한 신이 있는
그곳으로…

* 좋은 기운을 준다는 뜻.

오로라

칠흑 같은 어둠이 번지고
얼추 자정 무렵이나 되었을까
달밤에 내다 뿌린 듯 하이얀 설국이
서서히 제 모습을 드러낸다
이윽고 천상의 문에 커튼이 열리며
성대한 밤 의식 군무群舞가 시작된다
그리고 하늘엔 한눈에 다 담을 수 없는
휘황한 새벽이 연이어 휘몰아쳤다
극한의 추위에 돋았던 별들마저 하나둘
떨어져 사라지고 한참 후 환영幻影처럼
찬란하게 여명이 밝아왔다
무척 경이롭고 신비스러운 초록빛은
바람마저 자유로운 천상에서
벌거숭이 영혼에게
뜻밖의 선물 꾸러미를 주셨다

7부

삶이란

삶이란
그런 게지

아무리 힘들어도
삶의 무게를
내려놓지 못하고

어깨가 무너져도
마냥 지고 가야만 하는 것

끝내
꿈꾸던
희망에도 속고
한없이 허무한 것

어설프게
가질 수도 버릴 수도 없는…

혼용무도昏庸無道

세상이 암흑 속에 덮인 것처럼
아주 어지러운 한 해였다
어리석고 무능한 군주를 만나 난감하게
메르스란 역병이 창궐하여 민심이 흉흉해지고
이미 사라진 줄 알았던 망령 든 독재가
어쩌다 되살아나 세상이 한바탕 열병을 앓고
이 난리 통에 우격다짐으로 역사의 흐름을 역행하여
섣불리 국력 낭비를 초래하는가 하면
그로써 도리를 제대로 행하지 않는
얼빠진 날조된 역사를 퍼뜨린 그런 해였다
식자들은 안다
무능한 군주 탓에 혹독했던
을미년乙未年을 가까스로 보내면서
소위 '암흑처럼 어지럽고 도리가 안 보인다'는
그 심오한 뜻이
풍문으로 세상에 파다하게 떠돌아다닌다는 게
수치스럽고 부끄러운 일인지라

어찌해 볼 도리가 없어
꿀 먹은 벙어리처럼 아무런 말도 못 하고
나 또한 비겁하게도 깊은 침묵으로 일관한 게지
암울하다 못해 혼돈스러운 인고의 날들이
그래도 하나둘 평온을 되찾아 가는데
혹독히 앓던 열병만은 아직도 불씨가 더러 남아
좌불안석 속에서 을미년은 그렇게
위태롭게 저물어갔다

그때를 기억하는가

성난 백성의 손에 손에는
낯익은 삽이랑 낫이랑 쇠스랑 곡괭이며
마치 갑오년 암울했던 때 삼남에서
녹두가 들었던 죽창이며 횃불도
심지어 어른 아이 할 것 없이
온갖 걸 다 들고 밤새 몰려든다

달갑잖은 추위가 살가죽을 뚫고 살을 에는 날에도
벌 떼처럼 도처에서 몰려든 항거꾼이
금방 수천명이었다 어느새 수백만으로 불어
구름 떼같이 모여들더라

부아가 난 그들은 핏대를 세워
담홍빛 함성으로 정색하며
이것도 시냐고 외치다 성이 차지 않는지
시인은 즉각 물러나! 하야하라!
혼신을 다해 외쳐대는데

갑오년 아우성은 저리 가라더라

대체 무슨 곡절이 있는 건지 잘은 몰라도
당시 어지러운 기세로 미루어 짐작건대
민의 무리는 썩어 문드러질 해묵은 당파 싸움 하듯
서로 좌로 우로 쪼개지고 나누어져
애시 다툼만 일삼더라

허 참, 지나가는 소도 웃을 일이지만
살다 살다 내 평생 이런 꼴은 처음 겪는지라
도무지 근원을 모를 일이다

일각에서는 물결치는 분노와 저항의 외침이
재넘이 북악 너머까지 아슴푸레 들렸다 하고
한편, 새처럼 허공에 맴돌다
강 건너 저편 어디론가 멀리 사라졌다는 둥
이러쿵저러쿵 여러 설이 분분하다

그럼에도 성난 아우성을 허투루 듣는 겐지,
힘없는 넋두리로 애먼 소리로만 들리는 겐지,
아니면 그들의 원망을 같잖게 여긴 겐지
한없이 어리석은 백성은 아직도 분간이 안 돼
도무지 뭐가 뭔지 모르겠다고 한다

이쯤 되면 그들이 저지른 죗값하며
그 많던 달콤한 꿀은 온데간데없이
누가 날름 먹어치웠으며
제 잇속은 어떤 이가 버젓이 챙겼는지
필히 밝혀야 하므로
아무래도 단호히 용단 내려
솔로몬의 현명하고 준열한 판결이라도
마땅히 받아봐야 할 것만 같은데…

사모곡

어느 시인은
무덤 주위에 노오란 해바라기를
심어달라* 했지만

양달 진
울 엄니 무덤가에는

해 뜨고 해 질 때까지
환한 미소로
반기는
구절초를 심어다오

* 함형수 시인의 「해바라기의 비명」에서 인용.

고향 집 가는 길

매화꽃이 피고 지고 그러길
지천명 세월을 셀 정도로 해를 보내고선
늘 가슴 깊이 새겨둔
고향 땅 내 맡으려고 길을 나섰다

경전선 철길로 비둘기호 경적 울리며
게으르게 다니던 그곳
옹구점 앞에는 한때 허름한 간이역과
몇 호 안 되는 자그만 호암마을이 있고

가다 가다 뫼뿐인 고십재를
바지런히 넘어 몇 굽이 돌면
소학교 시절 내 친구들이 다람쥐와 동무 삼아 살던
하늘만 뻐끔한 정산동이 보인다

쭉 늘어진 신작로를
메밀꽃 필 무렵 소설 속의 달구지 속도로

민능굴 들판을 가로질러 서낭뎅이 개여울을 건너면
멀대 같은 당산나무와 우리 논배미가 있고
어사 박문수가 조선 천지에서 가장 살기 좋다고 한
朝鮮第一鄕 바로 그 성황 고을이다

윗마을엔 간간이 보고 싶은 사내 친구와
이미 머리 희끗 할미꽃이 된 가시내 친구들이
울타리 없이도 다사로운 인정을 나누며
오순도순 살던 동네이고(동네 하늘을 제 몫으로 나누어
갖고 어릴 적에 떠난 친구들 이름을 하나둘 불러보니 문득 어
느 하늘 아래에서 무얼 하고 사는지 무척 궁금하다)

행길 따라 조금 더 내려가다 보면
지서 앞 삼거리에는 어릴 적에 내가 다니던 예배당과
군것질을 일삼던 부산상회 점방이 있고
구장 집 지나 통새미 거쳐
미나리밭 길모퉁이 살짝 돌아서면

바로 내가 그리도 그리워했던
탱자나무 울타리 고향 집이다

내 안에 정갈히 가부좌를 틀고 만 고향 집에서
날숨 한번 쉬고서 집 앞길을 질러
탈래탈래 몇 발짝 걸어 내려가면
옛날에 언 발을 구르며 첫차를 기다리던
동방여객 차부가 있고
가끔 코끝이 찡한 편질 부치던 우체국 근처에
중학교며 소재지 면소이고
대서방 뒤 굽이진 고샅길로 들어서면
개구쟁이 친구들과 숨바꼭질하며
술래잡기로 신명 나게 놀았던
숯골마을이 내 탯줄을 묻은 곳이다

내 꿈을 천연히 펼치던 소학교 운동장 가장자리에
늠름하게 서 있는 플라타너스나무

그림자가 더욱 길어질 즈음에 문득

물장구치고 다람쥐 쫓던 시절 그리워 찾았던
학교 뒤 돌쟁이재에서 고향 마을을 내려다보면
천지개벽하여 옛 흔적은 찾을 수 없고
하늘을 찌를 듯한
마천루 같은 아파트만 치솟고 있더라

물방개 소금쟁이가 철없이 장난질하고
덜 익은 추억과 동거했던 시절을 돌아보고파
동구 밖 개여울을 찾았다

빈둥거리며 노닐던 은빛 은어며
날랜 피라미 송사리 모래무지도
집게발에 털이 부숭숭한 허다했던 참게도
아따, 오랜만이네! 하며
먼발치에서 정겹게 반겨주던 당산의 팽나무도

파리한 달빛이 쏟아지는 고요한 여름밤이면
내 귓전에 물꼬를 내는 개구리 울음소리도
무논의 뜸부기 물기 머금은 울음도
쪼무래기 친구들 토끼몰이하던 뒷동산도
산 아래 참봉댁 와가瓦家며 기름진 문전옥답도
그토록 그리운 고향 집도

철 따라 꽃 피던 내 고향 정들었던 곳도 모두
흔적조차 감추어버릴 제
햇살이 찻잔 너머로 기우는데
따뜻한 한 잔의 차를 시켜놓고
식어가는 찻잔만 망연히 쳐다보는
아, 그는 누구인가…

국물에 얽힌 설화

전설이 되어버린 이끼 낀 아득한 옛날
심심산골 살뜰한 부모 아래에서
도랑 치고 가재 잡던 나 어린 처자가
갯가에서 자맥질하며 철없이 자란 사내와
연분을 맺게 되었지요

하루는 안쓰러운 집난이*가 보고 싶기도 하고
심사도 뒤숭숭해서 초행길에 산 넘고 물 건너
꼬박 하루를 걷고 또 걸어
해거름 졸음 섞인 눈으로
딸네에 당도하게 되었죠

오랜만에 귀한 손님 오셨다며 바깥사돈께서 반기며
그 고장에서 갓 따 온 굴이며 전복이랑
해우** 등 여러 해산물로
과분하게 한 상 차려 내놓았지요

평소와는 다른 음식인지라 누구에게
여쭙지도 못하고 어떻게 먹을까?
두리번거리며 눈치만 살피다
갯마을 사람이 먹는 걸 그냥 따라 하다 보니
안사돈은 김이 나지 않는 뜨거운 해우국에 그만
입천장을 덥석 데어
점잖은 체면에 어딘들 하소연도 못 하고 전전긍긍하다
"아! 그 국물 참 시원하다"고
아무렇지 않은 척 태연히 둘러대셨죠

그런 일이 있고서 뜻밖에 갯가 바깥사돈께서
바람조차 낯선 두메산골로 모쪼록 내방을 하게 되었죠

해우국에 얽힌 일이 무심코 기억나 궁리 끝에
옳거니 이때다 하고 산에서 애써 채취한
산나물이며 버섯 등
온갖 푸성귀로 걸게 한 상 내놓으면서

팔팔 끓은 토란국을 들게 되하셨죠

알 턱이 없는 갯마을 사돈께서도 역시
김이 나지 않는 토란국을 멋모르고 후룩 들이켜다 그만
뜨거운 국물에 입천장을 똑같이 데고 말았어요

체면 구겨진 바깥사돈 역시
하소연도 못 하고 안절부절못하시며
"아! 토란국 한번 시원하다"고 둘러대며
그리 답례를 했다는
귀신 씻나락 까먹던 내 고장 이야기가
구전口傳으로 면면히 전해오고 있습니다

* 시집간 딸.
** 김.

진솔한 서정과 서사, 폭넓은 공감의 시

이경철 문학평론가 · 전 중앙일보 문화부장

"누이야,/ 산모롱이 돌면 실개천이 휘돌아 나가고/ 산에는 진달래 들엔 개나리 종다리 드높이 날고/ 철없는 강아지처럼 촐랑대며 뛰놀던/ 고향 산천에 가자꾸나// 짙푸른 동백이 우거지고/ 은빛 구슬 뿌려 너울대는 바닷가에서/ 버리기 아까운 과거의 기억들 늙은 곳간에서 꺼내/ 옛날의 금잔디를 목청껏 부르며/ 옛 추억 찾아 나서자"(「누이야」부분)

정현의 시인의 두 번째 시집 『눈물로 가꾼 텃밭』은 공감하며 읽을 맛이 난다. 우리에게 익숙한 명시들이 보이게 안 보이게 녹아들어 있다. 동서고금 인문학적 교양이 들어 있다. 삶에 대한 회한과 각성이 뼈저리며, 고향 그 순수시대를 향한 향수와 그리움을 자아내게 하고 있다.

하여 정 시인이 진정한 시 딜레탕트이며 순정한 로맨티시스트임을 첫 번째 시집 『사랑하라 그리고 용서하라』에 이어 다시금 확인시켜 주는 시집이다. 공감 없는 자신만의 시 세계를 고집하며 독자를 잃어가는 작금의 시단에서 이 『눈물로 가꾼 텃밭』은 소통이 잘된다. 살며 체험하고 배우고 깨우치고 느낀 것을 진솔하게 털어놓아 독자들의 감동을 자아내게 하는 것은 시의 변할 수 없는 덕목이요 효험일 것이다.

이런 시의 덕목과 이번 시집의 시 세계를 잘 보여주고 있는 것 같아 아무 선입견 없이 읽어보시라 맨 위에 올려놓은 시 「누이야」를 보시라. 누구든 간직하고 있는 향수와 그리움을 펴고 있지 않은가. "철없는 강아지처럼 촐랑대며 뛰놀던" 우주 삼라만상과 한 몸으로 어우러지던 고향의 신화시대, 그 순수성을 생동감 있게 자아내 누구든 그 시절로 돌아가고프게 하고 있지 않은가.

위 시 속에는 우리 국민시가랄 수 있는 정지용 시인의 시 「향수」 한 대목 "옛이야기 지줄대는 실개천이 휘돌아 나가고"가 들어가 있다. 또 "계집애야 계집애야/ 고향에 살지"(「고향에 살지」 부분), "아조 할 수 없이 되면 고향을 생각한다"(「무슨 꽃으로 문지르는 가슴이기에 나는 이리도 살고 싶은가」부분) 등 서정주 시인이 고향의 순수시대를 그리며 쓴 시편들도 착상에 녹아들었을 것이다.

이처럼 이번 시집 『눈물로 가꾼 텃밭』에는 우리가 익히 아는 시 명편들이 착상 단계부터 들어가 있다. 그리고 인류 보편적 심성, 원형적 세계로 시가 직격해 들어가며 폭넓은 공감을 불러일으키고 있다. 그러면서도 시 문맥에 나타나든 감추어졌든 인문적, 예술적 교양과 전통에 탄탄하게 바탕해 정서와 메시지에 신뢰감을 주고 있다.

그리하여 "이 세상에 없어선 안 될 충직한 그대에게/ 이참에 슬픔을,/ 모차르트의 교향곡처럼/ 고뇌를 뚫고 환희로 승화시켜/ 져버린 한 잎의 나뭇잎까지도 내일을 위하여/ 청청靑靑한 슬픔 하나/ 가슴에 껴안고 달래줄 것일레라"(「충직한 그대에게-나무」)에서 볼 수 있듯 독자들을 껴안으며 위무해 주는 시집이 『눈물로 가꾼 텃밭』이다.

체험에서 우러난 솔직 담박한 시편들

지는 가을이/ 별거 아니란 듯 미련 없이 버리고 간 낙엽이/ 지천에 잔조로이 쌓일 때면/ 한 철 깃든 제비도/ 따뜻한 남쪽 나라를 그리워하고// 그리움도 메말라/ 침묵하는 나의 가을은// 판 저문 파장 우전牛廛에서 소 팔고 돌아선

140

뒷모습처럼/ 살아온 삶만큼 쓸쓸함과 허전함이/ 처절하게
밀려오는 그런 심정일 게다// 가을이 가고 계절이 저물면/
겨울을 뚫고 필 봄 또한/ 멀지 않으리
　－「가을이 가고 나면」전문

　계절과 인생의 늦가을, 그 쓸쓸하고도 허전한 심상을 삽
상하게 전하고 있는 시다. 낙엽처럼 미련 없이 떠나지 못하
는 마음을 파장 무렵 우전에서 소 팔고 떠나는 허전함으로
구체적으로 전하고 있다. 기다림도 그리움도 없이 늙어가
는 심사를 "그리움도 메말라/ 침묵하는 나의 가을"이란 빼
어난 시구로 압축, 정련하고 있다.
　그런 저무는 늦가을 인생의 더할 데 없는 상실감에도 시
인은 희망을 놓지 않는다. "겨울이 오면 봄 또한 멀지 않으
리"라는 영국 낭만주의 최고봉 시인 셸리의 세계적 명시
「서풍부」마지막 대목을 "겨울을 뚫고 필 봄"으로 변주해
훨씬 더 역동적이고 의지적인 희망을 주고 있다.

　아지랑이 기어올라 너울대고/ 노고지리 마냥 울다 지친
봄날에/ 엊그제 막 피어난 연한 꽃잎사귀가/ 하르르하르
르 야속하게 지는 날에는// 무수한 연민과 저미는 아픔으
로/ 사랑보다 더한 이별의 슬픔으로/ 기약도 끝도 없이/ 뚝
뚝 떨어지는 결별에도// 온 맘 다해 지탱한 나날들// 차마,/

시련의 날들 끝내 못 견디고/ 무거운 등짐을 턱 하고 부려
놓으니/ 지구가 한쪽으로 끼우뚱하네
　　–「중력-낙화」전문

　무르익을 대로 무르익은 봄날 꽃잎이 하르르하르르 지
는 것을 보고 삶과 사랑의 중력을 발견하고 있는 시다. 기약
없는 결별에도, 등짐이 아무리 무거워도 지탱해 온 사랑과
삶. 그런 연민과 슬픔과 시련 내려놓으니 "지구가 한쪽으로
끼우뚱하네"라는 결구가 그대로 가슴에 와닿는다.
　그래 우리네 삶과 사랑을 지탱해 온 것들, 뭇 생령들의 존
재 이유가 바로 연민과 슬픔과 시련이라는 것을 새삼 깨닫
게 하는 시다. 이런 깨달음을 서정적으로 구체화하기 위해
시인도 무진 애를 썼을 것이다.
　그래서 정 시인은 또 다른 시에서 "그러건대,/ 고추당초
보다도 매운 고통의 누더기로부터 이겨낸/ 그런 삶 속에서
만이 비로소/ 맛깔스럽고 구수하고 걸쭉한 시가 태어난다
는 걸/ 그대는 아는가"(「시詩란」)라고 반문했을 것이다.

　삶이란/ 그런 게지// 아무리 힘들어도/ 삶의 무게를/ 내
려놓지 못하고// 어깨가 무너져도/ 마냥 지고 가야만 하는
것// 끝내/ 꿈꾸던/ 희망에도 속고/ 한없이 허무한 것// 어
설프게/ 가질 수도 버릴 수도 없는…

-「삶이란」전문

참 맛깔스러운 시다. '삶'이라는 참 무겁고도 복잡다단한 주제를 이렇게 단박에, 후련하게 시화詩化해 보여주다니 놀라운 시의 내공이다. 특히 마지막 연 "어설프게/ 가질 수도 버릴 수도 없는"을 보시라. 얼마나 큰 공감과 울림을 주고 있는가.

종교의 어떤 성인도, 철학과 사상의 어떤 현자도 삶을 이렇게 구체적으로 생생하게 들어 올려 전할 수는 없다. '고추 당초보다 매운 고통의 삶을 이겨내고 살아낸' 체험만이 그리할 수 있다. 종교나 철학의 도그마적 경구나 에피그램이 아니라 시만이 삶에 대한 깊고도 복잡한 심사를 구체적으로 형상화해 낼 수 있다. 그래 삶과 그 깊은 속내를 총체적이고도 구체적으로 압축해 보여줄 수 있는 시가 종교나 철학 등의 학문보다 더 윗길인 것일 게다.

어느 시인은/ 무덤 주위에 노오란 해바라기를/ 심어달라 했지만// 양달 진/ 울 엄니 무덤가에는// 해 뜨고 해 질 때까지/ 환한 미소로/ 반기는/ 구절초를 심어다오
-「사모곡」전문

머리를 쥐어짜고 고개를 주억거리며 해석할 필요 없이

그대로 가슴에 안기는 시다. 공자는 시를 한마디로 '사무사思無邪', 간사한 마음이 없이 솔직 담박하게 생각하는 것이라 했듯 솔직 담박한 시다.

위 시 각주에도 밝혔듯 함형수 시인은 시「해바라기의 비명」에서 자신의 무덤 앞에는 비석을 세우지 말고 해바라기를 심어달라 했다. 태양을 향하는 뜨거운 열정과 영원한 사랑을 위해서다. 그런 널리 알려진 시를 인용해 친숙하면서도 세련되게 독자에게 다가가며 어머니를 향한 마음을 아주 소박하고 산뜻하게 드러내고 있어 깨끗한 울림을 주는 참 좋은 시다.

이처럼 이번 시집에 실린 좋은 시편들은 신산한 삶의 체험에서 우러난 솔직 담박함으로 시의 수준과 깊이를 담보하고 있다. 그러면서 독자에게 세련되고 친숙하게 다가가려는 대중적인 면모를 보이고 있다. 무엇보다 도그마적인 단정이나 두루뭉술한 추상이 아니라 구체적이고 생생하면서도 서정적인 이미지와 진술로 다가가려는 시적 자세가 돋보이는 시집이『눈물로 가꾼 텃밭』이다.

향수와 현실 사이에서 우러난 신귀거래사新歸去來辭

발길 뜸한 강나루 외딴집 추녀 밑에/ 모락모락 피는 밥 짓는 연기는/ 살아 있는 모든 것들로부터 온기를 느끼게 하고// 산 그림자 수묵을 치며 가뭇가뭇할 즈음에/ 동리를 친친 감은 구름처럼 환한 연기는/ 논두렁 너머 동구에서 뛰놀던 땟국 자르르한/ 아이를 호명하며 어서 들오란 어머니의 손짓이고/ 더욱이,// 땅거미 질 무렵 초가집 뒤란에 흩어진/ 실오라기 같은 저녁연기 서럽게 잦아질 때면/ 가진 게 없었던 지난날 일상들이 실없이 떠올라// 까맣게 잊고 살아온 지난 일/ 묵혀온 서글픈 추억들이 간혹 새록새록 피어오른다

　－「연기」 전문

　기차 타고 해거름 녘에 산마을 지나다 보면 저녁밥을 짓는가, 포르스름한 연기가 보이곤 한다. 산 그림자 깔릴 때 산촌 마을에서 오르는 그런 연기를 보면 밥 뜸 들이는 고소한 냄새가 날 것도 같고 동네방네 뛰어다니며 노는 철부지들을 불러들이는 어머니 목소리가 들리는 듯도 할 것이다.

　어릴 적 고향을 떠나온 사람이면 누구든 그런 향수를 불러일으킬 '연기'를 제목과 소재로 삼은 시다. 시인은 지금 그런 마을을 지나며 과거를 추억하고 있는 것이 아니라 고향에 돌아가 순정했던 과거와 함께 살고 있어 추억이며 향수가 더욱 생생하게 실감으로 다가온다.

아버지 잔기침 소리에 문득 잠에서 깨/ 울 엄니와 단둘이 도란도란 나누시는 말씀이/ 조그맣게 난 봉창 틈으로 들리는데/ 가세가 기울어 끼니를 걱정할 기궁한 살림에/ 입 하나 덜어보겠다고 앳된 날 부득이/ 외지로 보내야겠다는 얘기가 오가네/ 어린 나이에 난생처음/ 나고 자란 곳을 떠나 생이별을 해야 한다니/ 내 작은 가슴이 서러움에 복받쳐/ 밤새도록 잠 못 이루고/ 몰래 눈물 머금고 여린 마음 졸이며/ 바랑 하나 딸랑 짊어 메고/ 산 설고 물 선 대처로 가는 길에/ 아버지와 단둘이/ 콩나물비빔밥으로 끼니를 때우는데/ 하루해가 저물어 이제 긴 이별을 해야 한다니/ 울컥 돋는 서러움에 그만 목이 메어/ 눈물의 비빔밥이 되고 말았네
    ―「눈물의 비빔밥」부분

어릴 적 고향을 떠나올 때를 사설조로 구구절절 쓰고 있는 시다. 어찌 시인만 그리했겠는가. 보릿고개 하도 가파르고 배고파서 고향을 떠나 도시 대처로 나와 경제개발하고 한강의 기적을 이룬 연대 거개가 그랬지 않았던가. 그런 시대의 한 전형을 눈물의 비빔밥으로 구체화해서 절절하게 들려주고 있는 시다.

"세파에 부대끼며 잡초 같은 삶을 살다/ 금 간 옹기처럼 사는 게 무장 신산辛酸하고/ 어쩌다 내가 살아온 삶만큼 허전함이 몰려들 때에는/ 살기 좋기로 소문난 전원으로/ 혹

146

여 시골 쥐같이 귀향할 뜻은 없으신지"(「귀거래」)라고 자문 자답하며 시인은 귀향했다.

대처 홍진紅塵세상 세파에 부대끼며 명리名利를 구하며 악착같이 살다 어느 정도 충족하고 자신의 본연을 찾아 이제는 귀향하는 세대가 어릴 적 보릿고개 세대 아닌가. 시인도 그런 세대로서 고향에서 본연의 삶을 귀거래사歸去來辭 시로 일구고 있다.

"철 따라 꽃 피던 내 고향 정들었던 곳도 모두/ 흔적조차 감추어버릴 제/ 햇살이 찻잔 너머로 기우는데/ 따뜻한 한 잔의 차를 시켜놓고/ 식어가는 찻잔만 망연히 쳐다보는/ 아, 그는 누구인가"(「고향 집 가는 길」) 물으며 자신의 순수했던 고향, 본연을 찾고 있다.

"섣불리 그려놓은/ 겉늙은 나이테가 너무 부끄럽기만 하다/ 근간에 세상이 으레 백세시대이다/ 그리 가볍게 생각하면 예순의 나이는/ 이제 겨우 꽃이 만발한 시기일 뿐"(「회갑을 맞이하며」)이라며 나이 탓 하지 않고 자신과 세상의 본연을 찾고 전하려 고향에서 시심의 텃밭을 일군 시편들도 이번 시집에는 적잖이 눈에 띈다.

100세를 넘기고도 활발히 활동하고 있는 철학자 김형석 교수는 최근 인터뷰에서 이렇게 말했다. "30세까지는 교육을 받고, 나머지 30년은 직장에서 일한다. 그럼 인생이 끝난다고 생각했는데 아니었다. 가장 일을 많이 하고 행복한

건 60세부터였다. 글도 더 잘 쓰게 되고, 사상도 올라가게
되고, 존경도 받게 되더라. 인생의 사회적 가치는 60부터
온다. 내가 살아보니 그랬다"라고. 정 시인도 그런 마음으
로 귀향해 시를 일구고 있는 것일 게다.

   인적 드문 산골, 산새들 날갯짓에/ 이른 아침이 열리고
울 너머에 버려진 오두막/ 무너진 외양간이 을씨년스럽
다// 보이지 않는 과거에 산山 구석구석/ 묵정밭 떼기 너끈
히 일구며 금슬 좋게 살던 화전민도/ 촌구석이 싫다며 밭
다랑 냅다 버리고/ 죄다 도회로 뿔뿔이 떠나 아무도 없고/
모퉁이 장독대엔 애지중지 건사해 온 질그릇도/ 살뜰히 간
수했던 손때 묻은 세간도/ 주인을 잃고선 널브러져 있으
며/ 벽에는 아직도 지린 쥐 오줌 자국이 얼룩져 있다// 날짜
지난 고지서는 허름한 우편함에서 잠자고/ 아무도 돌보지
않는 기척 없는 빈집은 가엾게도/ 텅 빈 둥지처럼 적막감
만 돈다// 백주에 까투리도 설리설리 섶게 우짖던 산골은/
요새 갓난아이의 깔깔대는 웃음이며 개 짖는 소리도/ 얼룩
빼기 황소도 더는 볼 수도 없으며/ 잔향殘響조차 홀연히 사
라진 지 퍽 오래되었다// 그나저나 어쩌나,/ 불임不姙의 슬
픈 그림자가 눈에 어려/ 내 맘 애처롭게 하는데/ 똘망똘망
한 갓난아이 강보에 받을 날이/ 머잖아 있으려나…
   ─「빈집」전문

돌아간 고향 구석구석의 현재 풍정風情을 낱낱이 묘사하고 있는 시다. 평안북도 정주 출신으로 당대 민초들의 삶을 북방 향토어로 생생하게 묘사해 가며 민족의 정한을 감동적으로 보여줬던 백석 시인의 시편들과 비견할 만한 좋은 시다.

특히나 넷째 연 "백주에 까투리도 설리설리 섧게 우짖던 산골은/ 요새 갓난아이의 깔깔대는 웃음이며 개 짖는 소리도/ 얼룩빼기 황소도 더는 볼 수도 없으며/ 잔향조차 홀연히 사라진 지 퍽 오래되었다"라는 대목은 산골 마을의 소리, 청각 이미지 하나로 우리 고향의 정서를 확 불러일으키면서도 그런 고향의 현실을 연민으로서 바라보고 있어 압권이다.

그런 고향의 현실에서도 시인은 희망의 끈을 놓지 않고 있다. "똘망똘망한 갓난아이 강보에 받을 날이/ 머잖아 있으려나" 하며. 불임의 시대 "그나저나 어쩌나" 하며 안절부절못하는 연민과 사랑이 있어 그런 희망은 나오는 것이다. 그런 연민과 사랑이 있어 「빈집」처럼 똘망똘망한 시편들을 낳고 있다.

삶과 시의 영원한 추동력인 그리움과 사랑

　내 마음 깊이/ 찾아든 당신// 당신은 내게 너무 깊이 들어와/ 첫눈에 흠뻑 반하고픈 사랑에 얽혀/ 묘한 감정의 블랙홀로 빨려들고/ 더 이상 내 것이 아닌 줄 알면서도/ 몰래 열애의 꽃망울을 틔우고 말았지요// 언제부턴지 조금씩 피어나는 패랭이꽃 같은/ 거룩한 사랑이 내 맘 한쪽을 차지하고선/ 어리석게 그대 곁에서 서성이다/ 끝내는 마음속 향기마저 영영 빼앗기고 말았습니다// 그다음은 쑥스러워/ 차마 말씀드리기 어렵습니다

　　-「짝사랑」전문

　정 시인은 이번 시집 '시인의 말'에서 "삶의 한구석에/ 앙금처럼 가라앉은 그리움/ 그 자체가/ 비로소 시에 마중물이 되었"다고 밝혔다. 그리움이 시 창작의 추동력이 됐다는 것이다. 그런 만큼 이번 시집에는 그리움과 사랑에 대한 시편도 많다.

　그렇담 그리움, 사랑이란 무엇인가. 태초에 한 줄기 빛이 폭발해 우주가 탄생했다는 것이 대폭발Big Bang 이론. 캄캄한 혼돈 속에서 안개인지 티끌인지 모를 것들이 서로를 끌어당기는 인력引力으로 한 점으로 모이다 마침내 폭발해 빛으로 나가며 무진장한 별이며 지구며 삼라만상을 낳았다

는 것이다.

그렇다면 형체도 이름도 없이 외로운 것들이 서로서로 끌어당겨 세상을 낳게 한 힘, 인력이란 무엇일 것인가. 우리네 삶 자체와 시는 물론 모든 예술의 추동력이자 알파요 오메가인 그리움, 사랑의 기운 아닐 것인가.

위 시에 잘 드러나듯 우리는 짝사랑에서 그런 그리움의 기운을 다들 생생하게 원초적으로 체험했을 것이다. 나는 온몸과 마음으로 당신에게 빨려들었지만 그런 당신은 내 존재조차 몰라줘 온 세상이 다 블랙홀로 빠져든 듯 존재감도 찾을 수 없었던, 그 참담하면서도 끝끝내 아름답게 살게 하는 짝사랑, 그 그리움의 힘을.

시인은 그런 그리움을 압축해 다 털어놓고도 마지막 연에선 전 세계에 애창되고 있는 장 콕토의 짧은 시 「산비둘기」를 빌려 와 "그다음은 쑥스러워/ 차마 말씀드리기 어렵습니다"라고 맺으며 여운을 주고 있다. 우주를 낳고 운항시키는 그 그리움의 기운을 어떤 필설로도 다 말할 순 없으니 독자들 나름에 맡긴 것이다.

선운사 가는 길에/ 무심코 그대를 보았네// 붉고 고운 꽃잎이 화들짝 피고 지고/ 새잎이 돋아난다 해도/ 서로 어긋나 얼굴 한번 못 마주치는/ 애먼 생生을, 애타게 그리워하지만/ 이룰 수 없는 사무친 사랑이라는 것도/ 홀로이 애만

태우다 정작 죽어서도/ 다할 수 없는 넋이 어려 있는 꽃임을···

－「선운사 가는 길에－꽃무릇」부분

제목처럼 선운사 가는 길목에 가득 피어 있는 꽃무릇을 보며 그리움, 사랑의 본질을 떠올리고 있는 시다. 꽃무릇은 여느 꽃들과는 달리 잎이 다 진 다음에야 꽃이 피어 꽃과 잎이 함께할 수 없어 서로를 그리워한다는 상사화로 통하는 꽃이기도 하다.

그런 상사화를 '그대', 짝사랑의 연인 또는 그리움과 사랑 자체로 보고 있다. 나도 그렇고 그대도 그렇고 상사화 등 삼라만상이 서로서로 애타게 그리워하는 애먼 생이 삶의 본질이고 우주 운항의 섭리 아니겠느냐고.

나는 한때/ 나 가진 모든 걸 가녀린 그대에게 선뜻 내주고/ 한순간도 잊은 적이 없지만/ 어쩌다 눈부시게 해사한 여름꽃에 내 마음 다 빼앗겨/ 불면 날아갈 듯 쥐면 꺼질 듯한 사랑에/ 마음 졸이며 심장이 쿵쿵거리기도 했었지// 한때는 가엾고 설익은 생각에/ 일순간 쉬이 눈이 멀어 매양 아픈 기억도 있었고/ 간간이 아픔의 깊이와 질감을/ 짐작조차 하기가 어려울 때도 있었다// 어수룩한 난 그때는 도무지/ 속마음을 보여주지 않아 까맣게 몰랐다가/ 그나마 뒤늦게야 안 일이지만 아하,/ 한 떨기 풋풋한 첫사랑을/ 곱게 싹 틔우기 위한 사랑앓이였다는 걸/ 정작 꽃 지고서야 비로소 알게 되었다

　　－「패랭이꽃」전문

　가녀리면서도 해사하게 피어 짙어가는 여름을 부르는 패랭이꽃을 첫사랑 그대처럼 보며 그 사랑을 고백하고 있는 시다. 수많은 밤 잠도 못 이루며 괴로워하던 그대를 향한 사랑앓이도 사랑을 곱게 영원히 피우기 위한 과정이었음을 이실직고하고 있다.

　이렇게 누구든 그리하였을 듯한 심사를 솔직히 토로함으로써 독자 대중들의 공감을 불러일으키고 있다. "아픔의 깊이와 질감을/ 짐작조차 하기가 어려울" 사랑앓이가 성숙한 사랑을 위한 삶의 통과제의通過祭儀임을 다시금 환기해 주고 있는 시다.

　산벚꽃이 흐드러지게 피어도/ 다소 더디게 오는 사월을 누가 잔인한 달이라고/ 어찌 그리 모질게 말할 수 있을까/ 모진 추위 근근이 이겨내고/ 저마다 가난한 봄볕에 목을 적시며 아련히 핀/ 꽃향기에 그대 취醉해본 적이라도 있어요// 파르르르 떨리는 여린 연둣빛 첫사랑에/ 마음 한번 송두리째 뺏겨보기라도 했어요/ 제 마음까지 송두리 빼앗아

간/ 서러움에 저민 아픔을 느낀 적이 없다면/ 사월을 더 이
상 잔인한 달이라고/ 그리도 쉽게 말하지 말아요// 사랑하
는 이여,/ 저미는 아픔도 냉가슴 도려내듯 참아낸/ 연둣빛
그 고운 첫사랑도/ 난 언제쯤이나 마냥 취醉할 수 있을까요
　　　－「사월」전문

　온갖 꽃들 흐드러지게 피어오르는 꽉 찬 봄 4월을 노래하
고 있는 시다. 모진 추위 이겨내고 생명의 절정을 구가하는
꽃들에게서 냉가슴 저미는 첫사랑의 아픔을 참아낸 사랑
을 노래하고 있다.
　그렇게 찾아든 봄, 사랑을 한껏 구가하는 4월을 T. S. 엘
리엇은 장시「황무지」에서 "사월은 잔인한 달/ 죽은 땅에서
라일락꽃을 피우며"라고 했다. 서구의 모더니즘을 연 시인
답게 겨울 언 땅에서 꽃을 피우는 계절을 '잔인하다'고, 기
존 상식을 뒤틀어서 낯설게 보며 강한 인상을 주기 위해 반
어법을 사용한 것이다.
　그런 엘리엇 시를 소환해 내서 시인은 다시 반어법으로 4
월을 물으며 정상으로 돌려놓고 있는 시다. 이런 시적 자세
에 드러나듯 정 시인은 서구에 강하게 영향 받은 '낯설게 하
기' 등으로 시를 난해하게 하는 현대시 시법에 물들지 않고
순리에 따른 진솔한 시를 써 공감을 확산시키고 있다.
　시련과 아픔을 이겨내고 온 봄 4월이고 사랑이기에 잔인

한 것이 아니라 더 은혜롭고 고운 것 아니겠느냐고 일반의 상식에서 소회를 펴고 있다. 그렇게 찾아온 성숙한 봄과 사랑에 거부감 없이 다시 흠뻑 빠져들고 있다.

위 시 「사월」은 1년 열두 달 중 4월을 그린 시다. 이번 시집에는 위 시를 포함, 열두 달을 각 한 편씩으로 해서 그 달의 정취를 드러낸 연작 시편이 들어 있다. 이와 함께 고장 특유의 음식을 다룬 시편들과 절경이나 풍물을 다룬 시편들을 연작 형식으로 선보이고 있기도 하다.

서정과 서사의 접점에서 끊임없이 샘솟는 연작 시편

시월 하면,/ 왠지 황금물결 넘실거리는 들녘이나/ 생각만 해도 그립고 정겨운 그 여자네/ 샛노란 초가지붕 위에 박 넝쿨 올린 게 떠오르지/ 가을 끝물 감나무 우듬지에 여벌로 매달린/ 후덕하고 넉넉한 동정 어린 까치밥을/ 딱히 연상케도 하지/ 시월 하며는,/ 천상의 오묘한 가을 빛깔의 팔레트는/ 신의 한 수로 섬세히 그려놓는 게지/ 누구도 쉽사리 흉내 낼 수는 없지/ 어느만큼 농익은 능금처럼/ 감미로운 순정시純情詩 같은 것도/ 저명한 시인이나 섬세하게 직조해 내는 게지/ 제 아무나 짓는 건 또한 아니지/ 시월 하면,/ 산국화 고웁게 치장하고/ 갈바람에 낙엽들 가녀리게

뒹구는 허전함도
　　－「시월」전문

　　앞서 밝혔듯 열두 달을 노래한 시 중 10월을 읊은 시다. 가을 햇나락을 턴 볏짚으로 이엉을 짜 새로 엮었으니 10월 하면 샛노란 초가지붕이 떠오를 것이다. 그 집을 기웃거리게 하던 그립던 그 여자도, 첫사랑의 순정도 떠오를 것이고.

　　여벌로 까치밥을 남길 정도로 10월은 넉넉한 달이다. 그래서 열두 달 중 가장 좋은 달, 상달이라 하지 않던가. 그래정 시인도 신이 그려놓은 오묘한 빛깔의 계절, 또는 최고의 시인이 쓴 "감미로운 순정시"로 보고 있지 않은가.

　　그러면서 정 시인은 그런 최상의 시는 아무나 짓는 게 아니라 한다. 물론 그 '아무나'에는 시인 자신도 포함됐을 것이다. 그런 시는 '섬세하게 직조해 내는 저명한 시인', 전문적인 시인이나 쓰는 것이고 정 시인은 우리 민족 전통의 보편적 정서와 심사를 친숙하고도 생생하게 펴나가며 공감을 얻고 있는 시인이기 때문이다. 열두 달을 「농가월령가」 등 민족 전통의 월령체月令體식으로 쓴 이 연작 시편 등이 그런 시인의 자세를 잘 보여주고 있다.

　　"워메 워메,/ 동네 사람들 난리 나부렀소/ 뜨락에 한 떨기 모란꽃 년이 살살 꾀송거려/ 윗마을 나비랑 딴맴을 품고/ 버젓이 난질을 했다 안 그라요/ 듣자 하니 쪽박 찬 땡비란 놈의 미어지는 가슴팍에/ 옹이 같은 응어리를/ 대못처럼 파아악 박아버렸다 하데"라고 모란꽃 환장하게 예쁘게 피는 6월을 다룬 시「유월-모란」에서는 토속어 입말을 그대로 사용하며 판소리 사설조로 나가고 있기도 하다.

모진 추위 견뎌내고/ 봄볕에 올망졸망 곱게 핀 꽃들이/ 아름다운 자태를 뽐낼 무렵/ 봄소식에 나들이를 허락한다면/ 은빛 구슬 너울대는 망덕포구로 가보시라/ 따사로운 봄 햇살이 재채기할 즈음/ 매향 홀로이 가득한 내 고향 섬진마을은/ 눈 덮인 세상인 양 지천이 눈이 시리도록 하얗다/ 그럴 때일수록 한사코 유년의 옛 추억이 깃든/ 두메 고향이 사뭇 그리워진다/ 벙굴은 벚꽃 필 무렵에 강에서 채취한다 하여/ 이름하여 벚굴 또는 강굴이라고도 부르지만/ 갯바위에 찰싹 달라붙어 자란 따개비굴石花과는/ 비교가 안 될 만큼 클뿐더러/ 짭조름하면서도 달달한 맛이 아주 남다르다/ 언 강물 풀리고 서럽게 핀 매화꽃 지기 전에/ 물 향기 물씬 풍기는 섬진강 가에 가며는/ 벙굴의 진미를 쉽사리 접할 수 있다
　－「벙굴」전문

시 속에서 밝힌 것처럼 시인의 고향 섬진강에서 벚꽃 필 무렵 채취하는 벙굴을 소재로 한 시다. 금방이라도 달려가

먹고 싶을 정도로 맛깔스럽게 쓰고 있다. 그와 함께 섬진강 변의 봄, 고향의 봄의 정취도 깔끔하게 묻어나는 시다.

이 병굴뿐 아니라 이번 시집 4부는 복엇국, 도다리쑥국, 주꾸미, 은어, 과메기 등 전국 각지에서 나는 계절별 음식을 소재로 해서 맛깔스럽고 정감 넘치게 쓴 열두 편의 시를 연작시 형태로 싣고 있다.

외줄기 흐르는 강물이 새파랗게 얼어붙은/ 겨울 강 위에/ 솔가지 촘촘히 올려놓은 소박한 섶다리가/ 조그만 강하나를 사이에 두고 끊임없이/ 마냥 길손을 기다린다// 지도에도 없는 골 안 외딴 동리는/ 두문즉시심산杜門卽時深山이고/ 수수하면서도 화평한 풍광으로 사뭇 정감이 넘쳐나/ 한겨울에 수채화 같은 목가적인 풍광도/ 덤으로 볼 수 있을뿐더러/ 가끔 적막을 떨치고 수런대는 멧새 소리/ 포로로 들릴 때면/ 그때만은 유난히도 귀에 설하게 들리곤한다// 봄이 오는 길목엔 파랗게 질린 언 강도 풀리고/ 다리 아래엔 보기 드문 빠가사리 껑지/ 날랜 은피라미들이 세찬 급류를 거슬러 올라와/ 아양 떠는 물고기 떼도/ 눈 뜨면 문득 그립고 보고 싶은 그런 날이 오거들랑/ 거짓에 잠든 세상 등 뒤로 하고 마음도 다스리게/ 봇짐 멘 나그네 채비로 떠나라// 허면 영혼이 선한 자에게는 그저/ 지저귀는 멧새 소리 청청淸淸하고/ 고요함도 물고기 떼가 수다 떠는 속삭

임도/ 맑게 들리나니// 골 안 물안개 걷힐 때면/ 세상 어느
지도에도 알려지지 않은 그곳,/ 오묘한 자연도 일깨워/ 신
비의 세계를 엿볼 수 있으리

  –「섶다리」전문

  시인의 각주에 따르면 강원도 영월군 주천면 판운리에
흐르는 내에 솔가지 엮어 세운 섶다리를 소재로 한 시다. 시
가 하도 좋고 그윽해 비록 길지만 전문을 다 인용해 봤다.

  한자로 지명이 술이 샘솟듯 뽀글뽀글 솟아오르고酒泉 널
따란 구름이 유유히 떠가는板雲 면과 동리였으면 좋겠다.
그런 곳에 "두문즉시심산이고/ 수수하면서도 화평한 풍광"
이라면 속세에 나오지 않고 평생을 신선처럼 살아도 좋을
것이다.

  그런 풍광을 "날랜 은피라미들이 세찬 급류" 거슬러 오르
듯 역동적인 이미지로 선명하게 그려놓은 시다. 그러면서
대자연에 묻혀 유유자적하며 자연답게 살고 싶은 본연의
심사를 강물 흐르듯 풀어놓고 있는 시다.

  문득 겨울나무 가지에/ 활짝 핀 순백의 눈꽃을 보고 싶거
나 가끔/ 별 헤는 속삭임도 궁벅궁 멧새 울음도/ 마냥 엿듣
고 싶거든, 떠나라!/ 거짓이 잠든 이곳을 등진 채/ 심중心中
에 실마리가 풀리지 않는/ 모든 문제들 품고/ 한시라도 주

저 말고, 숲으로 가라!/ 그리하면 신비한 기운이 흐르고/ 별똥이 쏟아지는 원초의 사려니숲길이/ 상한 네 영靈을 씻을 물로 새롭게 하여/ 갈급해하는 너에게 감추고 싶은 일도/ 엉킨 실마리도 풀어주리니/ 그대여,/ 천년의 숲 적막감마저 도는/ 영산靈山 사려니를 이마에 얹고/ 바람 따라, 허허롭게 가라!/ 신성스럽고 가미로운 영험한 신이 있는/ 그곳으로…

　　－「사려니숲길」전문

　제주도 명소 사려니숲길을 소재로 쓴 시다. 그대여 숲으로 가라, 가라, 떠나라를 반복하며 한번 찾아가 보길 간절히 청원해 어찌 보면 명소 홍보용 시편으로 보아도 좋겠다.

　그러나 이 한 편의 시만으로도 사려니숲의 그 영험한 기운이 그대로 전해오는 것 같다. 심중에 풀리지 않는 모든 문제들이 그냥 시원하게 풀리는 것 같다. 시인과 같은 문제를 안고 살아가면서도 자연의 삶을 원하는 대중들의 마음 그대로를 가식이나 꾸밈 없이 청량하게 읊고 있기 때문일 것이다.

　이처럼 이번 시집에는 전국의 명소를 찾아 스토리텔링하듯 읊고 있는 명소 연작 시편들도 많이 실려 있다. 이렇게 연작을 연달아 쓰는 것은 청량한 서정적 욕구와 함께 대중과 친숙하게 소통하고픈 서사적, 이야기적 욕구가 쌓여 있기 때문일 것이다.

그래 이번 시집에 실린 연작 시편을 비롯해 적잖은 시편들이 서정과 서사의 접점에서 조선시대 선비는 물론 전 계층에 널리 향유됐던 민족시가 가사歌辭처럼 보이기도 해 더욱 익숙하고 친숙하게 다가온다.

우리 전통의 현실 풍자와 삶의 교훈

세상이 암흑 속에 덮인 것처럼/ 아주 어지러운 한 해였다/ 어리석고 무능한 군주를 만나 난감하게/ 메르스란 역병이 창궐하여 민심이 흉흉해지고/ 이미 사라진 줄 알았던 망령 든 독재가/ 어쩌다 되살아나 세상이 한바탕 열병을 앓고/ 이 난리 통에 우격다짐으로 역사의 흐름을 역행하여/ 섣불리 국력 낭비를 초래하는가 하면/ 그로써 도리를 제대로 행하지 않는/ 얼빠진 날조된 역사를 펴뜨린 그런 해였다

　－「혼용무도昏庸無道」부분

이번 시집에는 작금의 현실을 비판한 시도 가끔 눈에 띈다. 어쩔 수 없이 현실에 몸담고 사는 시인으로서 현실에 무관할 수는 없고 눈감을 수도 없는 것이다. 작금의 정치며 경

제며 역병 등으로 어지러운 시국에서는.

위 시는 상식과 도리를 어겨 어지러운 세태, 특히 정치 현실을 비판하고 있다. 서양식 날 선 비판이 아니라 질펀하게 이야기하며 웃음을 자아내게 하는 우리네 탈춤 사설 같은 해학이 깃든 풍자다.

성난 백성의 손에 손에는/ 낯익은 삽이랑 낫이랑 쇠스랑 곡괭이며/ 마치 갑오년 암울했던 때 삼남에서/ 녹두가 들었던 죽창이며 횃불도/ 심지어 어른 아이 할 것 없이/ 온갖 걸 다 들고 밤새 몰려든다// 달갑잖은 추위가 살가죽을 뚫고 살을 에는 날에도/ 벌 떼처럼 도처에서 몰려든 항거꾼이/ 금방 수천명이었다 어느새 수백만으로 불어/ 구름 떼 같이 모여들더라// 부아가 난 그들은 핏대를 세워/ 담홍빛 함성으로 정색하며/ 이것도 시냐고 외치다 성이 차지 않는지/ 시인은 즉각 물러나! 하야하라!/ 혼신을 다해 외쳐대는데/ 갑오년 아우성은 저리 가라더라// (중략) // 이쯤 되면 그들이 저지른 죗값하며/ 그 많던 달콤한 꿀은 온데간데없이/ 누가 날름 먹어치웠으며/ 제 잇속은 어떤 이가 버젓이 챙겼는지/ 필히 밝혀야 하므로/ 아무래도 단호히 용단 내려/ 솔로몬의 현명하고 준열한 판결이라도/ 마땅히 받아봐야 할 것만 같은데…

　　－「그때를 기억하는가」부분

재미있게 읽히는 시다. 가렴주구의 학정에 못 견뎌 호남에서 전봉준에 의해 불이 지펴진 농민전쟁, 동학혁명을 다루는가 했더니 요즘 얘기다. '-더라' 하는 옛날이야기체 어투가 시를 더 질펀하고 재미있게 이끌어가고 있다.

특히 "시인은 즉각 물러나! 하야하라!"라는 대목이 이 시해학의 백미이다. 재밌게 풍자하면서도 위정자나 정권을 딱히 밝히지 않고 두루뭉술하게 넘어가고 있다. 백성, 천심을 거슬러 제 잇속만 챙기는 위정자들은 시대를 막론하고 준열한 심판을 받아왔고 받을 수밖에 없다는 상식과 섭리를 그것이 무너진 이 혼용무도한 시대에 다시금 널리 환기하기 위해 우리 전통의 이야기체와 해학을 취했을 것이다.

제아무리 화난들/ 불쑥불쑥/ 함부로 욕하지 마라!// 욕설은/ 밖으로 미움을 낳고// 과묵하게 꾹 다스리는/ 혀는/ 안으로 겸손을 낳아// 사람의 제 마음을 얻느니
　　－「침묵」전문

짤막짤막하게 행과 연을 나눠 더 간결하게 보이는 짧은 시다. 걸어놓고 시시때때로 보고 새기며 마음을 경계하면 좋을 시다. 위 시처럼 우리에게 교훈을 주는 시도 이번 시집에는 간혹 눈에 띈다.

만약에 그대가/ 남들처럼 행복해지려거든/ 속내에 품고
있는 누더기같이 더러웁고/ 허황된 욕망도 그저 훨훨 벗어
버리고/ 있는 그대로 아둔하고 담박한 삶을 살라// 허면 늘
새롭게 해 보랏빛 환한 보석처럼/ 빛나고 우아한 제 삶을
살 것이요/ 사뭇 달라진 그대에게는 먼 훗날/ 먹구름 걷히
고 맑게 갠 그런 날이 오리니/ 아마도 그때에는/ 지극히 작
은 것에서부터 기쁨이 넘쳐/ 온전히 발효된 삶을 살 것이
라// 그런즉 황금을 좇는 끝없는 탐욕과/ 분수 밖의 까칠한
욕망을 비우고/ 버리고 벗어버리는 무욕無慾함에서/ 비로
소 보랏빛 행복을 얻는 거다
    ─「만약에 그대가」 전문

  예전엔 이발소 등에 가면 헤드랜턴을 쓰고 탄광에서 채
굴 작업을 하는 광부 등이 그려진 그림과 함께 "삶이 그대
를 속일지라도 슬퍼하거나 노여워 말라"로 시작되는 푸시
킨의 시가 새겨진 액자가 걸려 있기 예사였다. 그 시를 보며
경제개발 연대에 막장 같은 삶 속에서도 힘을 얻어 오늘의
한국을 일궈냈다. 그런 푸시킨 시의 어법과 힘으로 위 시는
우리에게 교훈을 주고 있다. 욕망을 훌훌 털어버리고 안분
지족安分知足하라고, 그러면 삶이 편안하고 행복하다고 교
훈을 주고 있다. 시인의 체험에서 간절히 우러난 깨달음이

기에 교훈은 더욱 실감으로 다가온다.

　　쓸 만한 지필묵 하나 없는 곤궁한 서생이/ 딴에는 불멸의 시를 꼭 한번 써보려고/ 구차하게 살아온 오랜 기억 뒤척이다/ 질펀한 제 삶이 옹색하고 초라했던지/ 썼다 지우고/ (중략) / 얄팍한 지식으로 반 뼘쯤 모자란 시를/ 몇 번이고 고쳐 쓰고선/ 결국 한 송이 꽃도 피우지 못한 채/ 걱정만 잔뜩 늘어놓고 말았다/ 무릇 찡하게 울리는 불멸의 꽃을 피우진 못했어도/ 그게 또한 변변한 밥벌이가 안 된다 해도 난,/ 아직 써지지 않은 시를 좋아하며/ 끝내 결곡한 시인의 길을 따르리
　　　-「시인의 길」부분

　　제목같이 '시인의 길'을 계속 갈 것임을 확인하고 있는 시다. 시인 자신의 삶과 미완의 시편들을 겸손하게 되돌아보면서 앞으로도 결곡하게 시인의 길을 걸으며 세상과 독자를 '찡하게 울릴 불멸의 꽃, 시'를 꽃피우겠다고 다짐하고 있다.
　　이 글 서두에 압축, 정리한 대로『눈물로 가꾼 텃밭』의 시편들은 읽을 맛이 난다. 살아가며 체험하고 배우고 깨치고 느낀 것을 진솔하게 털어놓아 독자들의 감동을 자아낸다. 시 애호가이며 교양인으로서 널리 읽히는 명시들을 시에

끌어들이고 있다. 그와 함께 우리 옛이야기체 등 고전문학 전통에 바탕해 선비들의 바르고 결곡한 자세로 우리네 보편적 삶과 정서와 이야기는 물론 교훈까지 전해주고 있다.

그럼에도 정현의 시인은 "아직 써지지 않은 시를 좋아하며/ 끝내 결곡한 시인의 길을 따르리"라 다짐하고 있다. 그래 앞으로도 계속 좋은 시법을 선보이고 보완해 가며 폭넓고도 깊은 공감의 시 세계 펼쳐나가시길 빈다.